ATALA
RENÉ

© 1993, Bookking International, Paris
ISBN : 2-87714-169-1

CHATEAUBRIAND

Atala
René

FRANÇOIS-RENÉ DE CHATEAUBRIAND
(1768-1848)

François-René de Chateaubriand voit le jour le
4 septembre 1768 à Saint-Malo, dans une famille
de vieille aristocratie bretonne (leur noblesse
remonte à Saint-Louis). Il est le dernier-né d'une
famille de dix enfants. Son père, qui a été marin,
corsaire, négrier a, fortune faite, acheté le
domaine de Combourg, dont le château, austère
manoir médiéval, marquera la sensibilité de
François-René.

En 1786, après des études chez les Jésuites, il
entre comme cadet au régiment de Navarre et vit
dans diverses garnisons, ainsi qu'à Paris et à
Versailles, écrivant ses premiers poèmes et fré-
quentant les salons littéraires. Témoin, à Paris,
de la prise de la Bastille et des premiers troubles
révolutionnaires de 1789, il refuse de prêter serment au nouveau régime constitutionnel, perd
son emploi militaire et, par passion de la géo-
graphie, s'embarque en 1791 pour l'Amérique
qu'il va parcourir, ébloui par les grands espaces
vierges.

Revenu en France un an plus tard, il se marie
et combat, à Thionville et à Verdun, avec les
émigrés contre les Révolutionnaires, avant de se
réfugier à Londres, où il survit sept ans en donnant des leçons de français tout en rédigeant
l'esquisse du *Génie du christianisme*. Sa femme et

sa sœur ont été arrêtées, son frère aîné guillotiné.
Son *Essai sur les Révolutions* (1797) lui permet
d'être accepté dans la haute société des émigrés à
Londres.

Revenu en France en 1800, il se lie, dans le
salon de Mme de Beaumont, avec des hommes
politiques et des hommes de lettres, et a l'idée,
prenant à contre-courant la mode de l'époque,
très affairiste, de détacher un récit, *Atala*, de son
Génie du christianisme, et de le publier. C'est un
triomphe, suivi de celui du *Génie du christianisme* qui paraît en même temps (1802) que le
culte catholique est célébré, pour la première fois
depuis dix ans, à Notre-Dame. Bonaparte, qui
l'admire, le nomme secrétaire d'ambassade à
Rome, ville qui l'éblouit. Mais à la suite, sur
ordre de Bonaparte, de l'assassinat du duc
d'Enghien, il démissionne et revient en France.

Il commence la rédaction des *Martyrs*, (publiés
en 1809), entreprend, pour séduire Nathalie de
Noailles, un pèlerinage en Grèce et dans les lieux
saints qui lui inspirera son *Itinéraire de Paris à
Jérusalem* (1811), tout en s'affirmant comme un
opposant irréductible à Napoléon 1er. Son pres-
tige est grand ; c'est un écrivain reconnu qui est
élu à l'Académie française en 1811 ; dans son
discours de réception, il y attaque son prédéces-
seur, qui avait voté la mort du roi en 1793.

A la chute de l'empire, il devient pair de
France, et chef de file des Ultras, multipliant les
essais politiques. Le Romantisme naissant le
prend pour chef de file. Parallèlement, il joue un
rôle politique, sera ambassadeur, et ministre des
Affaires étrangères, tout en gardant sa liberté
d'esprit, ce qui lui vaudra une carrière en dents
de scie.

En 1830, il refuse son soutien à Louis-Philippe,
qui, après la Révolution des Trois Glorieuses,

succède à Charles X, et cesse ses activités politiques pour se consacrer à l'écriture, et notamment à ce chef-d'œuvre que sont les *Mémoires d'Outre-Tombe* (initialement prévues comme un poème, et commencées dès 1803), rendant régulièrement visite à Mme Récamier, (leur liaison, puis leur amitié, commencée en 1817, ne s'achèvera qu'à leur mort), dans le salon de laquelle seront lus les premiers extraits des *Mémoires*. En 1844, il écrit *La Vie de Rancé*, d'après l'histoire d'un prêtre du XVIIe siècle devenu pénitent, admirable texte sur la mort. La sienne survient le 4 juillet 1848, à Paris. Il est enterré face à la mer, sur un îlot au large de Saint-Malo.

Précurseur du romantisme à l'imagination puissante et au style éclatant son influence sera considérable sur la génération littéraire qui lui succéda. Il reste, par la maîtrise et l'ampleur de son style, celui qui a donné à la prose française une grandeur encore jamais atteinte.

PRÉFACES D'ATALA

LETTRE PUBLIÉE

dans *le Journal des Débats*
et dans *le Publiciste*

Citoyen, dans mon ouvrage sur *le Génie du Christianisme*, ou *les Beautés poétiques et morales de la Religion chrétienne*, il se trouve une section entière consacrée à la *poétique du Christianisme*. Cette section se divise en trois parties : poésie, beaux-arts, littérature. Ces trois parties sont terminées par une quatrième, sous le titre d'*Harmonies de la Religion, avec les scènes de la nature et les passions du cœur humain.* Dans cette partie j'examine plusieurs sujets qui n'ont pu entrer dans les précédentes, tels que les effets des ruines gothiques, comparées aux autres sortes de ruines, les sites des monastères dans les solitudes, le côté poétique de cette religion populaire, qui plaçait des croix aux carrefours des chemins dans les forêts, qui mettait des images de vierges et de saints à la garde des fontaines et des vieux ormeaux; qui croyait aux pressentiments et aux fantômes, etc., etc. Cette partie est terminée par une anecdote extraite de mes voyages en Amérique, et écrite sous les huttes mêmes des Sauvages. Elle est intitulée : *Atala, etc.* Quelques épreuves de cette petite histoire s'étant trouvées égarées, pour prévenir un accident qui me causerait un tort infini, je me vois obligé de la publier à part, avant mon grand ouvrage.

Si vous vouliez, citoyen, me faire le plaisir de publier ma lettre, vous me rendriez un important service.

J'ai l'honneur d'être, etc.

PRÉFACE

DE LA

PREMIÈRE ÉDITION

On voit par la lettre précédente, ce qui a donné lieu à la publication d'*Atala* avant mon ouvrage sur le *Génie du Christianisme*, ou *les Beautés poétiques et morales de la Religion chrétienne*, dont elle fait partie. Il ne me reste plus qu'à rendre compte de la manière dont cette petite histoire a été composée.

J'étais encore très jeune, lorsque je conçus l'idée de faire l'*épopée de l'homme de la nature*, ou de peindre les mœurs des Sauvages, en les liant à quelque événement connu. Après la découverte de l'Amérique, je ne vis pas de sujet plus intéressant, surtout pour des Français, que le massacre de la colonie des Natchez à la Louisiane, en 1727. Toutes les tribus indiennes conspirant, après deux siècles d'oppression, pour rendre la liberté au Nouveau-Monde, me parurent offrir au pinceau un sujet presque aussi heureux que la conquête du Mexique. Je jetai quelques fragments de cet ouvrage sur le papier ; mais je m'aperçus bientôt que je manquais des vraies couleurs, et que si je voulais faire une image semblable, il fallait, à l'exemple d'Homère, visiter les peuples que je voulais peindre.

En 1789, je fis part à M. de Malesherbes du

dessein que j'avais de passer en Amérique. Mais
désirant en même temps donner un but utile à
mon voyage, je formai le dessein de découvrir
par terre le *passage* tant cherché, et sur lequel
Cook même avait laissé des doutes. Je partis, je
vis les solitudes américaines, et je revins avec
des plans pour un autre voyage, qui devait
durer neuf ans. Je me proposais de traverser
tout le continent de l'Amérique septentrionale,
de remonter ensuite le long des côtes, au nord
de la Californie, et de revenir par la baie d'Hudson, en tournant sous le pôle. Si je n'eusse pas
péri dans ce second voyage, j'aurais pu faire des
découvertes importantes pour les sciences et
utiles à mon pays. M. de Malesherbes se char-
gea de présenter mes plans au Gouvernement ;
et ce fut alors qu'il entendit les premiers fragments du petit ouvrage, que je donne
aujourd'hui au public. On sait ce qu'est deve-
nue la France, jusqu'au moment où la Providence a fait paraître un de ces hommes
qu'elle envoie en signe de réconciliation,
lorsqu'elle est lassée de punir. Couvert du sang
de mon frère unique, de ma belle-sœur, de celui
de l'illustre vieillard leur père ; ayant vu ma
mère et une autre sœur pleine de talents mourir
des suites du traitement qu'elles avaient
éprouvé dans les cachots, j'ai erré sur les terres
étrangères, où le seul ami que j'eusse conservé
s'est poignardé dans mes bras[1].

1. Nous avions été tous deux cinq jours sans nourriture, et
les principes de la perfectibilité humaine nous avaient dé-
montré qu'un peu d'eau puisée dans le creux de la main à la
fontaine publique, suffit pour soutenir la vie d'un homme
aussi longtemps. Je désire fort que cette expérience soit
favorable au progrès des lumières ; mais j'avoue que je l'ai
trouvée dure.
   Tandis que toute ma famille était ainsi massacrée, empri-
sonnée et bannie, une de mes sœurs, qui devait sa liberté à la
mort de son mari, se trouvait à Fougères, petite ville de
Bretagne. L'armée royaliste arrive ; huit cents hommes de

De tous mes manuscrits sur l'Amérique, je n'ai sauvé que quelques fragments, en particulier *Atala*, qui n'était qu'un épisode des *Natchez*. *Atala* a été écrite dans le désert et sous les huttes des Sauvages. Je ne sais si le public goûtera cette histoire qui sort de toutes les routes connues, et qui présente une nature et des mœurs tout à fait étrangères à l'Europe. Il n'y a point d'aventures dans *Atala*. C'est une sorte de poème[1], moitié descriptif, moitié dramatique : tout consiste dans la peinture de deux amants qui marchent et causent dans la solitude ; tout gît dans le tableau des troubles de l'amour, au milieu du calme des déserts et du calme de la religion. J'ai donné à ce petit ouvrage les formes les plus antiques ; il est divisé en *prologue*, *récit* et *épilogue*. Les principales parties du récit prennent une dénomination, comme les *chasseurs*, les *laboureurs*, etc. ; et c'était ainsi que dans les premiers siècles de la Grèce, les Rhapsodes chantaient, sous divers titres, les fragments de l'*Iliade* et de l'*Odyssée*.

l'armée républicaine sont pris et condamnés à être fusillés. Ma sœur se jette aux pieds de la Roche-Jacquelin et obtient la grâce des prisonniers. Aussitôt elle vole à Rennes ; elle se présente au tribunal révolutionnaire avec les certificats qui prouvent qu'elle a sauvé la vie à huit cents hommes. Elle demande pour seule récompense qu'on mette ses sœurs en liberté. Le président du tribunal lui répond. *Il faut que tu sois une coquine de royaliste que je ferai guillotiner, puisque les brigands ont tant de déférence à tes prières. D'ailleurs, la république ne te sait aucun gré de ce que tu as fait : elle n'a que trop de défenseurs, et elle manque de pain.* Et voilà les hommes dont Bonaparte a délivré la France. (*Note de Chateaubriand.*)

1. Dans un temps où tout est perverti en littérature, je suis obligé d'avertir que si je me sers ici du mot poème, c'est faute de savoir comment me faire entendre. Je ne suis point un de ces barbares qui confondent la prose et les vers. Le poète, quoi qu'on en dise, est toujours l'homme par excellence ; et des volumes entiers de prose descriptive ne valent pas cinquante beaux vers d'Homère, de Virgile ou de Racine. (*Note de Chateaubriand.*)

Je ne dissimule point que j'ai cherché l'extrême
simplicité de fond et de style, la partie descriptive exceptée ; encore est-il vrai que, dans la
description même, il est une manière d'être à la
fois pompeux et simple. Dire ce que j'ai tenté,
n'est pas dire ce que j'ai fait. Depuis longtemps
je ne lis plus qu'Homère et la Bible ; heureux si
l'on s'en aperçoit, et si j'ai fondu dans les
teintes du désert et dans les sentiments particuliers à mon cœur, les couleurs de ces deux
grands et éternels modèles du beau et du vrai.

Je dirai encore que mon but n'a pas été
d'arracher beaucoup de larmes ; il me semble
que c'est une dangereuse erreur, avancée,
comme tant d'autres, par M. de Voltaire, *que les
bons ouvrages sont ceux qui font le plus pleurer*.
Il y a tel drame dont personne ne voudrait être
l'auteur, et qui déchire le cœur bien autrement
que l'*Enéide*. On n'est point un grand écrivain
parce qu'on met l'âme à la torture. Les vraies
larmes sont celles que fait couler une belle
poésie ; il faut qu'il s'y mêle autant d'admiration que de douleur.

C'est Priam disant à Achille :

'Ανδρός παιδοφόνοιο ποτί στόμα χεῖρ' ὀρέγεσθαι.

Juge de l'excès de mon malheur, puisque je
baise la main qui a tué mes fils.

C'est Joseph s'écriant :

*Ego sum Joseph, frater vester, quem vendidistis
in Ægyptum.*

Je suis Joseph, votre frère, que vous avez
vendu pour l'Egypte.

Voilà les seules larmes qui doivent mouiller

les cordes de la lyre, et en attendrir les sons. Les muses sont des femmes célestes qui ne défigurent point leurs traits par des grimaces ; quand elles pleurent, c'est avec un secret dessein de s'embellir.

Au reste, je ne suis point comme M. Rousseau, un enthousiaste des Sauvages ; et quoique j'aie peut-être autant à me plaindre de la société que ce philosophe avait à s'en louer, je ne crois point que la *pure nature* soit la plus belle chose du monde. Je l'ai toujours trouvée fort laide, partout où j'ai eu l'occasion de la voir. Bien loin d'être d'opinion que l'homme qui pense soit un *animal dépravé*, je crois que c'est la pensée qui fait l'homme. Avec ce mot de *nature*, on a tout perdu. De là les détails fastidieux de mille romans où l'on décrit jusqu'au bonnet de nuit, et à la robe de chambre ; de là ces drames infâmes, qui ont succédé aux chefs-d'œuvre des Racine. Peignons la nature, mais la belle nature : l'art ne doit pas s'occuper de l'imitation des monstres.

Les moralités que j'ai voulu faire dans *Atala* étant faciles à découvrir, et se trouvant résumées dans l'épilogue, je n'en parlerai point ici ; je dirai seulement un mot de mes personnages.

Atala, comme *Philoctète*, n'a que trois personnages. On trouvera peut-être dans la femme que j'ai cherché à peindre, un caractère assez nouveau. C'est une chose qu'on n'a pas assez développée, que les contrariétés du cœur humain : elles mériteraient d'autant plus de l'être, qu'elles tiennent à l'antique tradition d'une dégradation originelle, et que conséquemment elles ouvrent des vues profondes sur tout ce qu'il y a de grand et de mystérieux dans l'homme et son histoire.

Chactas, l'amant d'*Atala*, est un Sauvage,

qu'on suppose né avec du génie, et qui est plus qu'à moitié civilisé, puisque non seulement il sait les langues vivantes, mais encore les langues mortes de l'Europe. Il doit donc s'exprimer dans un style mêlé, convenable à la ligne sur laquelle il marche, entre la société et la nature. Cela m'a donné de grands avantages, en le faisant parler en Sauvage dans la peinture des mœurs, et en Européen dans le drame et la narration. Sans cela il eût fallu renoncer à l'ouvrage : si je m'étais toujours servi du style indien, *Atala* eût été de l'hébreu pour le lecteur.

Quant au missionnaire, j'ai cru remarquer que ceux qui jusqu'à présent ont mis le prêtre en action, en ont fait ou un scélérat fanatique, ou une espèce de philosophe. Le *P. Aubry* n'est rien de tout cela. C'est un simple chrétien qui parle sans rougir *de la croix, du sang de son divin maître, de la chair corrompue*, etc., en un mot, c'est le prêtre tel qu'il est. Je sais qu'il est difficile de peindre un pareil caractère aux yeux de certaines gens, sans toucher au ridicule. Si je n'attendris pas, je ferai rire : on en jugera.

Après tout, si l'on examine ce que j'ai fait entrer dans un si petit cadre, si l'on considère qu'il n'y a pas une circonstance intéressante des mœurs des Sauvages que je n'aie touchée, pas un bel effet de la nature, pas un beau site de la Nouvelle-France que je n'aie décrit ; si l'on observe que j'ai placé auprès du peuple chasseur un tableau complet du peuple agricole, pour montrer les avantages de la vie sociale sur la vie sauvage ; si l'on fait attention aux difficultés que j'ai dû trouver à soutenir l'intérêt dramatique entre deux seuls personnages, pendant toute une longue peinture de mœurs, et de nombreuses descriptions de paysages ; si l'on remarque enfin que dans la catastrophe même, je me suis privé de tout secours, et n'ai tâché de me soutenir, comme les anciens, que par la force du dialogue : ces considérations me mériteront peut-être quelque indulgence de la part du lecteur. Encore une fois, je ne me flatte point d'avoir réussi ; mais on doit toujours savoir gré à un écrivain qui s'efforce de rappeler la littérature à ce goût antique, trop oublié de nos jours.

Il me reste une chose à dire ; je ne sais par quel hasard une lettre de moi, adressée au citoyen Fontanes, a excité l'attention du public beaucoup plus que je ne m'y attendais. Je croyais que quelques lignes d'un auteur inconnu passeraient sans être aperçues ; je me suis trompé. Les papiers publics ont bien voulu parler de cette lettre, et on m'a fait l'honneur de m'écrire, à moi personnellement, et à mes amis, des pages de compliments et d'injures. Quoique j'aie été moins étonné des dernières que des premiers, je pensais n'avoir mérité ni les unes, ni les autres. En réfléchissant sur ce caprice du public, qui a fait attention à une chose de si peu de valeur, j'ai pensé que cela pouvait venir du titre de mon grand ouvrage : *Génie du Christianisme*, etc. On s'est peut-être figuré qu'il s'agissait d'une affaire de parti, et que je dirais dans ce livre beaucoup de mal à la révolution et aux philosophes.

Il est sans doute permis à présent, sous un gouvernement qui ne proscrit aucune opinion paisible, de prendre la défense du Christianisme, comme sujet de morale et de littérature. Il a été un temps où les adversaires de cette religion avaient seuls le droit de parler. Maintenant la lice est ouverte, et ceux qui pensent que le Christianisme est poétique et moral peuvent le dire tout haut, comme les philosophes peuvent soutenir le contraire. J'ose croire que si le grand ouvrage que j'ai entrepris, et qui ne tardera pas à paraître, était traité par une main plus habile que la mienne, la question serait décidée sans retour.

Quoi qu'il en soit, je suis obligé de déclarer qu'il n'est pas question de la révolution dans le *Génie du Christianisme*; et que je n'y parle le plus souvent que d'auteurs morts; quant aux auteurs vivants qui s'y trouvent nommés, ils n'auront pas lieu d'être mécontents : en général, j'ai gardé une mesure, que, selon toutes les apparences, on ne gardera pas envers moi.

On m'a dit que la femme célèbre, dont l'ouvrage formait le sujet de ma lettre, s'est plaint *(sic)* d'un passage de cette lettre. Je prendrai la liberté d'observer que ce n'est pas moi qui ai employé le premier l'arme que l'on me reproche, et qui m'est odieuse. Je n'ai fait que repousser le coup qu'on portait à un homme dont je fais profession d'admirer les talents, et d'aimer tendrement la personne. Mais dès lors que j'ai offensé, j'ai été trop loin; qu'il soit donc tenu pour effacé ce passage. Au reste, quand on a l'existence brillante et les beaux talents de Mme de Staël, on doit oublier facilement les petites blessures que peut nous faire un solitaire, et un homme aussi ignoré que je le suis.

Pour dire un dernier mot sur *Atala* : si, par un dessein de la plus haute politique, le gouvernement français songeait un jour à redemander le Canada à l'Angleterre, ma description de la Nouvelle-France prendrait un nouvel intérêt. Enfin, le sujet d'*Atala* n'est pas tout de mon invention; il est certain qu'il y a eu un Sauvage aux galères et à la cour de Louis XIV; il est certain qu'un missionnaire français a fait les choses que j'ai rapportées; il est certain que j'ai trouvé des Sauvages emportant les os de leurs aïeux, et une jeune mère exposant le corps de son enfant sur les branches d'un arbre ; quelques autres circonstances aussi sont véritables : mais comme elles ne sont pas d'un intérêt général, je suis dispensé d'en parler.

AVIS SUR LA
TROISIÈME ÉDITION

(1801)

J'ai profité de toutes les critiques pour rendre ce petit ouvrage plus digne des succès qu'il a obtenus. J'ai eu le bonheur de voir que la vraie philosophie et la vraie religion sont une et même chose ; car des personnes fort distinguées, qui ne pensent pas comme moi sur le Christianisme, ont été les premières à faire la fortune d'*Atala*. Ce seul fait répond à ceux qui voudraient faire croire que la *vogue* de cette anecdote indienne, est une affaire de parti. Cependant j'ai été amèrement, pour ne pas dire grossièrement censuré ; on a été jusqu'à tourner en ridicule cette apostrophe aux Indiens [1] :

« Indiens infortunés, que j'ai vus errer dans les déserts du Nouveau-Monde avec les cendres de vos aïeux ; vous qui m'aviez donné l'hospitalité, malgré votre misère ! Je ne pourrais vous l'offrir aujourd'hui, car j'erre, ainsi que vous, à la merci des hommes, et moins heureux dans mon exil, je n'ai point emporté les os de mes pères. »

C'est sur la dernière phrase de cette apostrophe que tombe la remarque du critique. Les cendres

1. *Décade philosophique*, n° 22, dans une note. *(Note de Chateaubriand.)*

de ma famille, confondues avec celles de M. de Malesherbes; six ans d'exil et d'infortunes, ne lui ont offert qu'un sujet de plaisanterie. Puisse-t-il n'avoir jamais à regretter les tombeaux de ses pères!

Au reste, il est facile de concilier les divers jugements qu'on a portés d'*Atala* : ceux qui m'ont blâmé, n'ont songé qu'à mes talents; ceux qui m'ont loué, n'ont pensé qu'à mes malheurs.

P.S. — J'apprends dans le moment qu'on vient de découvrir à Paris une contrefaçon des deux premières éditions d'*Atala*, et qu'il s'en fait plusieurs autres à Nancy et à Strasbourg. J'espère que le public voudra bien n'acheter ce petit ouvrage que chez *Migneret* et à l'ancienne Librairie de *Dupont*.

AVIS SUR LA
QUATRIÈME ÉDITION

(1801)

Depuis quelque temps, il a paru de nouvelles critiques d'*Atala*. Je n'ai pas pu en profiter dans cette quatrième édition. Les avis qu'on m'a fait l'honneur de m'adresser, exigeaient trop de changements, et le public semble maintenant accoutumé à ce petit ouvrage, avec tous ses défauts. Cette quatrième édition est donc parfaitement semblable à la troisième. J'ai seulement rétabli dans quelques endroits le texte des deux premières.

PRÉFACE D'ATALA

(1805)

L'indulgence avec laquelle on a bien voulu accueillir mes ouvrages, m'a imposé la loi d'obéir au goût du public, et de céder au conseil de la critique.

Quant au premier, j'ai mis tous mes soins à le satisfaire. Des personnes chargées de l'instruction de la jeunesse, ont désiré avoir une édition du *Génie du Christianisme*, qui fût dépouillée de cette partie de l'Apologie, uniquement destinée aux gens du monde : malgré la répugnance naturelle que j'avais à mutiler mon ouvrage, et ne considérant que l'utilité publique, j'ai publié l'abrégé que l'on attendait de moi.

Une autre classe de lecteurs demandait une édition séparée des deux épisodes de l'ouvrage : je donne aujourd'hui cette édition.

Je dirai maintenant ce que j'ai fait relativement à la critique.

Je me suis arrêté pour le *Génie du Christianisme* à des idées différentes de celles que j'ai adoptées pour ses épisodes.

Il m'a semblé d'abord que par égard pour les personnes qui ont acheté les premières éditions, je ne devais faire, du moins à présent, aucun changement notable à un livre qui se vend aussi cher que le *Génie du Christianisme*.

L'amour-propre et l'intérêt ne m'ont pas paru des raisons assez bonnes, même dans ce siècle, pour manquer à la délicatesse.

En second lieu, il ne s'est pas écoulé assez de temps depuis la publication du *Génie du Christianisme*, pour que je sois parfaitement éclairé sur les défauts d'un ouvrage de cette étendue. Où trouverais-je la vérité parmi une foule d'opinions contradictoires? L'un vante mon sujet aux dépens de mon style; l'autre approuve mon style et désapprouve mon sujet. Si l'on m'assure, d'une part, que le *Génie du Christianisme* est un monument à jamais mémorable pour la main qui l'éleva, et pour le commencement du XIXe siècle [1]; de l'autre, on a pris soin de m'avertir, un mois ou deux après la publication de l'ouvrage, que les critiques venaient trop tard, puisque cet ouvrage était déjà oublié [2].

Je sais qu'un amour-propre plus affermi que le mien trouverait peut-être quelques motifs d'espérance pour se rassurer contre cette dernière assertion. Les éditions du *Génie du Christianisme* se multiplient, malgré les circonstances qui ont ôté à la cause que j'ai défendue, le puissant intérêt du malheur. L'ouvrage, si je ne m'abuse, paraît même augmenter d'estime dans l'opinion publique à mesure qu'il vieillit, et il semble que l'on commence à y voir autre chose qu'un ouvrage de *pure imagination*. Mais à Dieu ne plaise que je prétende persuader de mon faible mérite ceux qui ont sans doute de bonnes raisons pour ne pas y croire. Hors la religion et l'honneur, j'estime trop peu de choses dans le monde, pour ne pas souscrire aux arrêts de la critique la plus

1. M. de Fontanes. *(Note de Chateaubriand.)*
2. M. Guinguené. *(Note de Chateaubriand.)*

rigoureuse. Je suis si peu aveuglé par quelques succès, et si loin de regarder quelques éloges comme un jugement définitif en ma faveur, que je n'ai pas cru devoir mettre la dernière main à mon ouvrage. J'attendrai encore, afin de laisser le temps aux préjugés de se calmer, à l'esprit de parti de s'éteindre; alors l'opinion qui se sera formée sur mon livre sera sans doute la véritable opinion; je saurai ce qu'il faudra changer au *Génie du Christianisme*, pour le rendre tel que je désire le laisser après moi, s'il me survit.

Mais si j'ai résisté à la censure dirigée contre l'ouvrage entier par les raisons que je viens de déduire, j'ai suivi pour *Atala*, prise séparément, un système absolument opposé. Je n'ai pu être arrêté dans les corrections, ni par la considération du prix du livre, ni par celle de la longueur de l'ouvrage. Quelques années ont été plus que suffisantes pour me faire connaître les endroits faibles ou vicieux de cet épisode. Docile sur ce point à la critique, jusqu'à me faire reprocher mon trop de facilité, j'ai prouvé à ceux qui m'attaquaient que je ne suis jamais volontairement dans l'erreur, et que dans tous les temps et sur tous les sujets, je suis prêt à céder à des lumières supérieures aux miennes. *Atala* a été réimprimée onze fois : cinq fois séparément, et six fois dans le *Génie du Christianisme*; si l'on confrontait ces onze éditions, à peine en trouverait-on deux tout à fait semblables.

La douzième que je publie aujourd'hui, a été revue avec le plus grand soin. J'ai consulté des *amis prompts à me censurer*; j'ai pesé chaque phrase, examiné chaque mot. Le style, dégagé des épithètes qui l'embarrassaient, marche peut-être avec plus de naturel et de simplicité. J'ai mis plus d'ordre et de suite dans quelques idées; j'ai fait disparaître jusqu'aux moindres incorrections de langage. M. de la Harpe me disait au sujet d'*Atala* : « Si vous voulez vous enfermer avec moi seulement quelques heures, ce temps nous suffira pour effacer les taches qui font crier si haut vos censeurs. » J'ai passé quatre ans à revoir cet épisode, mais aussi il est tel qu'il doit rester. C'est la seule *Atala* que je reconnaîtrai à l'avenir.

Cependant il y a des points sur lesquels je n'ai pas cédé entièrement à la critique. On a prétendu que quelques sentiments exprimés par le P. Aubry renfermaient une doctrine désolante. On a, par exemple, été révolté de ce passage (nous avons aujourd'hui tant de sensibilité !) :

« Que dis-je ! ô vanité des vanités ! Que parlé-je de la puissance des amitiés de la terre ! Voulez-vous, ma chère fille, en connaître l'étendue ? Si un homme revenait à la lumière quelques années après sa mort, je doute qu'il fût revu avec joie par ceux-là même qui ont donné le plus de larmes à sa mémoire : tant on forme vite d'autres liaisons, tant on prend facilement d'autres habitudes, tant l'inconstance est naturelle à l'homme, tant notre vie est peu de chose même dans le cœur de nos amis ! »

Il ne s'agit pas de savoir si ce sentiment est pénible à avouer, mais s'il est vrai et fondé sur la commune expérience. Il serait difficile de ne pas en convenir. Ce n'est pas surtout chez les Français que l'on peut avoir la prétention de ne rien oublier. Sans parler des morts dont on ne se souvient guère, que de vivants sont revenus dans leurs familles et n'y ont trouvé que l'oubli, l'humeur et le dégoût ! D'ailleurs quel est ici le but du P. Aubry ? N'est-ce pas d'ôter à Atala tout regret d'une existence qu'elle vient de s'arracher volontairement, et à laquelle elle voudrait en vain revenir ? Dans cette intention,

le missionnaire, en exagérant même à cette
infortunée les maux de la vie, ne ferait encore
qu'un acte d'humanité. Mais il n'est pas nécessaire de recourir à cette explication. Le
P. Aubry exprime une chose malheureusement
trop vraie. S'il ne faut pas calomnier la nature
humaine, il est aussi très inutile de la voir
meilleure qu'elle ne l'est en effet.

Le même critique, M. l'abbé Morellet, s'est
encore élevé contre cette autre pensée, comme
fausse et paradoxale :

« Croyez-moi, mon fils, les douleurs ne sont
point éternelles ; il faut tôt ou tard qu'elles
finissent, parce que le cœur de l'homme est fini.
C'est une de nos grandes misères : nous ne
sommes pas même capables d'être longtemps
malheureux. »

Le critique prétend que cette sorte d'incapa-
cité de l'homme pour la douleur est au
contraire un des grands biens de la vie. Je ne lui
répondrai pas que si cette réflexion est vraie,
elle détruit l'observation qu'il a faite sur le
premier passage du discours du P. Aubry. En
effet, ce serait soutenir, d'un côté, que l'on
n'oublie jamais ses amis ; et de l'autre, qu'on
est très heureux de n'y plus penser. Je remar-
querai seulement que l'habile grammairien me
semble ici confondre les mots. Je n'ai pas dit :
« C'est une de nos grandes *infortunes* » ; ce qui
serait faux, sans doute ; mais : « C'est une de
nos grandes *misères* », ce qui est très vrai. Eh !
qui ne sent que cette impuissance où est le cœur
de l'homme de nourrir longtemps un sentiment, même celui de la douleur, est la preuve la
plus complète de sa stérilité, de son indigence,
de sa *misère ?* M. l'abbé Morellet paraît faire,
avec beaucoup de raison, un cas infini du bon
sens, du jugement, du naturel. Mais suit-il tou-

jours dans la pratique la théorie qu'il professe ?
Il serait assez singulier que ses idées riantes sur
l'homme et sur la vie, me donnassent le droit de
le soupçonner, à mon tour, de porter dans ses
sentiments l'exaltation et les illusions de la
jeunesse.

La nouvelle nature et les mœurs nouvelles
que j'ai peintes, m'ont attiré encore un autre
reproche peu réfléchi. On m'a cru l'inventeur
de quelques détails extraordinaires, lorsque je
rappelais seulement des choses connues de tous
les voyageurs. Des notes ajoutées à cette édition
d'*Atala* m'auraient aisément justifié ; mais s'il
en avait fallu mettre dans tous les endroits où
chaque lecteur pouvait en avoir besoin, elles
auraient bientôt surpassé la longueur de
l'ouvrage. J'ai donc renoncé à faire des notes. Je
me contenterai de transcrire ici un passage de
la *Défense du Génie du Christianisme*. Il s'agit
des ours enivrés de raisin, que les doctes censeurs avaient pris pour une gaîté de mon imagination. Après avoir cité des autorités respectables et le témoignage de Carver, Bartram,
Imley, Charlevoix, j'ajoute : « Quand on trouve
dans un auteur une circonstance qui ne fait pas
beauté en elle-même, et qui ne sert qu'à donner
de la ressemblance au tableau ; si cet auteur a
d'ailleurs montré quelque sens commun, il
serait assez naturel de supposer qu'il n'a pas
inventé cette circonstance, et qu'il n'a fait que
rapporter une chose réelle, bien qu'elle ne soit
pas très connue. Rien n'empêche qu'on ne
trouve *Atala* une méchante production ; mais
j'ose dire que la nature américaine y est peinte
avec la plus scrupuleuse exactitude. C'est une
justice que lui rendent tous les voyageurs qui
ont visité la Louisiane et les Florides. Les deux
traductions anglaises d'*Atala* sont parvenues en

Amérique ; les papiers publics ont annoncé, en outre, une troisième traduction publiée à Philadelphie avec succès ; si les tableaux de cette histoire eussent manqué de vérité, auraient-ils réussi chez un peuple qui pouvait dire à chaque pas : « Ce ne sont pas là nos fleuves, nos montagnes, nos forêts. » Atala est retournée au désert, et il semble que sa patrie l'ait reconnue pour véritable enfant de la solitude [1]. »

René, qui accompagne *Atala* dans la présente édition, n'avait point encore été imprimé à part. Je ne sais s'il continuera d'obtenir la préférence que plusieurs personnes lui donnent sur *Atala*. Il fait suite naturelle à cet épisode, dont il diffère néanmoins par le style et par le ton. Ce sont à la vérité les mêmes lieux et les mêmes personnages, mais ce sont d'autres mœurs et un autre ordre de sentiments et d'idées. Pour toute préface, je citerai encore les passages du *Génie du Christianisme* et de la *Défense*, qui se rapportent à *René*.

Extrait du *Génie du Christianisme*, IIe Partie, Liv. III, Chap. IX, intitulé : « *Du Vague des Passions.* »

« Il reste à parler d'un état de l'âme, qui, ce nous semble, n'a pas encore été bien observé : c'est celui qui précède le développement des grandes passions, lorsque toutes les facultés, jeunes, actives, entières, mais renfermées, ne se sont exercées que sur elles-mêmes, sans but et sans objet. Plus les peuples avancent en civilisation, plus cet état du *vague* des passions augmente ; car il arrive alors une chose fort triste : le grand nombre d'exemples qu'on a sous les

1. *Défense du Génie du Christianisme.* (Note de Chateaubriand.)

yeux, la multitude de livres qui traitent de l'homme et de ses sentiments, rendent habile, sans expérience. On est détrompé sans avoir joui ; il reste encore des désirs, et l'on n'a plus d'illusions. L'imagination est riche, abondante et merveilleuse, l'existence pauvre, sèche et désenchantée. On habite, avec un cœur plein, un monde vide ; et sans avoir usé de rien, on est désabusé de tout.

« L'amertume que cet état de l'âme répand sur la vie, est incroyable ; le cœur se retourne et se replie en cent manières, pour employer des forces qu'il sent lui être inutiles. Les Anciens ont peu connu cette inquiétude secrète, cette aigreur des passions étouffées qui fermentent toutes ensemble : une grande existence politique, les jeux du gymnase et du champ de Mars, les affaires du forum et de la place publique, remplissaient tous leurs moments, et ne laissaient aucune place aux ennuis du cœur.

« D'une autre part, ils n'étaient pas enclins aux exagérations, aux espérances, aux craintes sans objet, à la mobilité des idées et des sentiments, à la perpétuelle inconstance, qui n'est qu'un dégoût constant : dispositions que nous acquérons dans la société intime des femmes. Les femmes, chez les peuples modernes, indépendamment de la passion qu'elles inspirent, influent encore sur tous les autres sentiments. Elles ont dans leur existence un certain abandon qu'elles font passer dans la nôtre ; elles rendent notre caractère d'homme moins décidé ; et nos passions, amollies par le mélange des leurs, prennent à la fois quelque chose d'incertain et de tendre.

« Enfin, les Grecs et les Romains, n'étendant guère leurs regards au-delà de la vie, et ne soupçonnant point des plaisirs plus parfaits que ceux de ce monde, n'étaient point portés, comme nous, aux rêveries et aux désirs par le caractère de leur religion. C'est dans le génie du Christianisme qu'il faut surtout chercher la raison de ce *vague* des sentiments répandu chez les hommes modernes. Formée pour nos misères et pour nos besoins, la religion chrétienne nous offre sans cesse le double tableau des chagrins de la terre et des joies célestes, et par ce moyen elle a fait dans le cœur une source de maux présents et d'espérances lointaines, d'où découlent d'inépuisables rêveries. Le chrétien se regarde toujours comme un voyageur qui passe ici bas dans une vallée de larmes, et qui ne se repose qu'au tombeau. Le monde n'est point l'objet de ses vœux, car il sait que l'*homme vit peu de jours*, et que cet objet lui échapperait vite.

« Les persécutions qu'éprouvèrent les premiers fidèles augmentèrent en eux ce dégoût des choses de la vie. L'invasion des Barbares y mit le comble, et l'esprit humain en reçut une impression de tristesse, et peut-être même une légère teinte de misanthropie, qui ne s'est jamais bien effacée. De toutes parts s'élevèrent des couvents, où se retirèrent des malheureux trompés par le monde, ou des âmes qui aimaient mieux ignorer certains sentiments de la vie, que de s'exposer à les voir cruellement trahis. Une prodigieuse mélancolie fut le fruit de cette vie monastique ; et ce sentiment, qui est d'une nature un peu confuse, en se mêlant à tous les autres, leur imprima son caractère d'incertitude. Mais en même temps, par un effet bien remarquable, le vague même où la mélancolie plonge les sentiments, est ce qui la fait renaître ; car elle s'engendre au milieu des passions, lorsque ces passions, sans objet, se consument d'elles-mêmes dans un cœur solitaire.

« Il suffirait de joindre quelques infortunes à cet état indéterminé des passions, pour qu'il pût servir de fond à un drame admirable. Il est étonnant que les écrivains modernes n'aient pas encore songé à peindre cette singulière position de l'âme. Puisque nous manquons d'exemples, nous serait-il permis de donner aux lecteurs un épisode extrait, comme *Atala*, de nos anciens *Natchez* ? C'est la vie de ce jeune René, à qui Chactas a raconté son histoire. Ce n'est pour ainsi dire, qu'*une pensée* ; c'est la peinture du *vague des passions*, sans aucun mélange d'aventures, hors un grand malheur envoyé pour punir René, et pour effrayer les jeunes hommes qui, livrés à d'inutiles rêveries, se dérobent criminellement aux charges de la société. Cet épisode sert encore à prouver la nécessité des abris du cloître pour certaines calamités de la vie, auxquelles il ne resterait que le désespoir et la mort, si elles étaient privées des retraites de la religion. Ainsi le double but de notre ouvrage, qui est de faire voir comment le génie du Christianisme a modifié les arts, la morale, l'esprit, le caractère, et les *passions* même des peuples modernes, et de montrer quelle prévoyante sagesse a dirigé les institutions chrétiennes ; ce double but, disons-nous, se trouve également rempli dans l'histoire de René. »

Extrait de la *Défense du Génie du Christianisme* :

« On a déjà fait remarquer la tendre sollicitude des critiques[1] pour la pureté de la reli-

1. « Il s'agit ici des philosophes uniquement. » *(Note de Chateaubriand.)*

gion; on devait donc s'attendre qu'ils se forma-
liseraient des deux épisodes que l'auteur a
introduits dans son livre. Cette objection parti-
culière rentre dans la grande objection qu'ils
ont opposée à tout l'ouvrage, et elle se détruit
par la réponse générale qu'on y a faite plus
haut. Encore une fois, l'auteur a dû combattre
des poèmes et des romans impies, avec des
poèmes et des romans pieux; il s'est couvert des
mêmes armes dont il voyait l'ennemi revêtu :
c'était une conséquence naturelle et nécessaire
du genre d'apologie qu'il avait choisi. Il a cherché à donner l'exemple avec le précepte. Dans
la partie théorique de son ouvrage, il avait dit
que la religion embellit notre existence, corrige
les passions sans les éteindre, jette un intérêt
singulier sur tous les sujets où elle est
employée; il avait dit que sa doctrine et son
culte se mêlent merveilleusement aux émotions
du cœur et aux scènes de la nature; qu'elle est
enfin la seule ressource dans les grands malheurs de la vie : il ne suffisait pas d'avancer
tout cela, il fallait encore le prouver. C'est ce
que l'auteur a essayé de faire dans les deux
épisodes de son livre. Ces épisodes étaient en
outre une amorce préparée à l'espèce de lecteurs pour qui l'ouvrage est spécialement écrit.
L'auteur avait-il donc si mal connu le cœur
humain, lorsqu'il a tendu ce piège innocent aux
incrédules? Et n'est-il pas probable que tel
lecteur n'eût jamais ouvert le *Génie du Christianisme*, s'il n'y avait cherché *René* et *Atala*?

*Sai che là corre il mondo, ove più versi
Delle sue dolcezze il lusinghier Parnaso,
E che'l vero, condito in molli versi,
I più schivi alletando ha persuaso.*

« Tout ce qu'un critique impartial qui veut entrer dans l'esprit de l'ouvrage, était en droit d'exiger de l'auteur, c'est que les épisodes de cet ouvrage eussent une tendance visible à faire aimer la religion et à en démontrer l'utilité. Or, la nécessité des cloîtres pour certains malheurs de la vie, et pour ceux-là même qui sont les plus grands, la puissance d'une religion qui peut seule fermer des plaies que tous les baumes de la terre ne sauraient guérir, ne sont-elles pas invinciblement prouvées dans l'histoire de René? L'auteur y combat en outre le travers particulier des jeunes gens du siècle, le travers qui mène directement au suicide. C'est J.-J. Rousseau qui introduisit le premier parmi nous ces rêveries si désastreuses et si coupables. En s'isolant des hommes, en s'abandonnant à ses songes, il a fait croire à une foule de jeunes gens, qu'il est beau de se jeter ainsi dans le vague de la vie. Le roman de Werther a développé depuis ce germe de poison. L'auteur du *Génie du Christianisme*, obligé de faire entrer dans le cadre de son apologie quelques tableaux pour l'imagination, a voulu dénoncer cette espèce de vice nouveau, et peindre les funestes conséquences de l'amour outré de la solitude. Les couvents offraient autrefois des retraites à ces âmes contemplatives, que la nature appelle impérieusement aux méditations. Elles y trouvaient auprès de Dieu de quoi remplir le vide qu'elles sentent en elles-mêmes, et souvent l'occasion d'exercer de rares et sublimes vertus. Mais depuis la destruction des monastères et les progrès de l'incrédulité, on doit s'attendre à voir se multiplier au milieu de la société (comme il est arrivé en Angleterre), des espèces de solitaires tout à la fois passionnés et philosophes, qui ne pouvant ni renoncer

aux vices du siècle, ni aimer ce siècle, pren-
dront la haine des hommes pour l'élévation du
génie, renonceront à tout devoir divin et
humain, se nourriront à l'écart des plus vaines
chimères, et se plongeront de plus en plus dans
une misanthropie orgueilleuse qui les conduira
à la folie, ou à la mort.

« Afin d'inspirer plus d'éloignement pour ces
rêveries criminelles, l'auteur a pensé qu'il
devait prendre la punition de René dans le
cercle de ces malheurs épouvantables, qui
appartiennent moins à l'individu qu'à la
famille de l'homme, et que les Anciens attri-
buaient à la fatalité. L'auteur eût choisi le sujet
de Phèdre s'il n'eût été traité par Racine. Il ne
restait que celui d'Erope et de Thyeste[1] chez les
Grecs, ou d'Amnon et de Thamar chez les
Hébreux[2] ; et bien qu'il ait été aussi transporté
sur notre scène[3], il est toutefois moins connu
que celui de Phèdre. Peut-être aussi s'applique-
t-il mieux au caractère que l'auteur a voulu
peindre. En effet, les folles rêveries de René
commencent le mal, et ses extravagances
l'achèvent : par les premières, il égare l'imagination d'une faible femme ; par les dernières,
en voulant attenter à ses jours, il oblige cette
infortunée à se réunir à lui ; ainsi le malheur
naît du sujet, et la punition sort de la faute.

« Il ne restait qu'à sanctifier, par le Christianisme, cette catastrophe empruntée à la fois de
l'antiquité païenne et de l'antiquité sacrée.
L'auteur, même alors, n'eut pas tout à faire ; car

---

1. « Sén. *in Atr. et Th.* Voyez aussi Canacé et Macareus, et
Caune et Byblis dans les *Métamorphoses* et dans les *Héroïdes*
d'Ovide. J'ai rejeté comme trop abominable le sujet de Myr-
rha, qu'on retrouve encore dans celui de Loth et de ses filles. »
(Note de Chateaubriand.)
  2. « *Reg.* 13, 14. » *(Note de Chateaubriand.)*
  3. « Dans l'*Abufar* de M. Ducis. » *(Note de Chateaubriand.)*

il trouva cette histoire presque naturalisée chrétienne dans une vieille ballade de Pèlerin, que les paysans chantent encore dans plusieurs provinces [1]. Ce n'est pas par les maximes répandues dans un ouvrage, mais par l'impression que cet ouvrage laisse au fond de l'âme, que l'on doit juger de sa moralité. Or, la sorte d'épouvante et de mystère qui règne dans l'épisode de René, serre et contriste le cœur sans y exciter d'émotion criminelle. Il ne faut pas perdre de vue qu'Amélie meurt heureuse et guérie, et que René finit misérablement. Ainsi, le vrai coupable est puni, tandis que sa trop faible victime, remettant son âme blessée entre les mains de *celui qui retourne le malade sur sa couche*, sent renaître une joie ineffable du fond même des tristesses de son cœur. Au reste, le discours du P. Souël ne laisse aucun doute sur le but et les moralités religieuses de l'histoire de René. »

On voit, par le chapitre cité du *Génie du Christianisme*, quelle espèce de passion nouvelle j'ai essayé de peindre ; et, par l'extrait de la *Défense*, quel vice non encore attaqué j'ai voulu combattre. J'ajouterai que, quant au style, *René* a été revu avec autant de soin qu'*Atala*, et qu'il a reçu le degré de perfection que je suis capable de lui donner.

---

1. « C'est le chevalier des Landes,
   Malheureux chevalier, etc. »
   (Note de Chateaubriand.)

ATALA

PROLOGUE

La France possédait autrefois, dans l'Amérique septentrionale, un vaste empire qui s'étendait depuis le Labrador jusqu'aux Florides, et depuis les rivages de l'Atlantique jusqu'aux lacs les plus reculés du haut Canada.

Quatre grands fleuves, ayant leurs sources dans les mêmes montagnes, divisaient ces régions immenses : le fleuve Saint-Laurent qui se perd à l'est dans le golfe de son nom, la rivière de l'Ouest qui porte ses eaux à des mers inconnues, le fleuve Bourbon qui se précipite du midi au nord dans la baie d'Hudson, et le Meschacebé[1] qui tombe du nord au midi, dans le golfe du Mexique.

Ce dernier fleuve, dans un cours de plus de mille lieues, arrose une délicieuse contrée que les habitants des États-Unis appellent le nouvel Éden, et à laquelle les Français ont laissé le doux nom de Louisiane. Mille autres fleuves, tributaires du Meschacebé, le Missouri, l'Illinois, l'Akanza, l'Ohio, le Wabache, le Tenase, l'engraissent de leur limon et la fertilisent de leurs eaux. Quand tous ces fleuves se sont gonflés des déluges de l'hiver, quand les tempêtes ont

1. Vrai nom du Mississipi ou Meschassipi. *(Note de Chateaubriand.)*

abattu des pans entiers de forêts, les arbres déra-
cinés s'assemblent sur les sources. Bientôt les
vases les cimentent, les lianes les enchaînent, et
des plantes y prenant racine de toutes parts,
achèvent de consolider ces débris. Charriés par
les vagues écumantes, ils descendent au Meschacebé. Le fleuve s'en empare, les pousse au golfe
Mexicain, les échoue sur des bancs de sable et
accroît ainsi le nombre de ses embouchures. Par
intervalle, il élève sa voix, en passant sous les
monts, et répand ses eaux débordées autour des
colonnades des forêts et des pyramides des tombeaux indiens ; c'est le Nil des déserts. Mais la
grâce est toujours unie à la magnificence dans les
scènes de la nature : tandis que le courant du
milieu entraîne vers la mer les cadavres des pins
et des chênes, on voit sur les deux courants
latéraux remonter le long des rivages, des îles
flottantes de pistia et de nénuphar, dont les roses
jaunes s'élèvent comme de petits pavillons. Des
serpents verts, des hérons bleus, des flamants
roses, de jeunes crocodiles s'embarquent, passa-
gers sur ces vaisseaux de fleurs, et la colonie,
déployant au vent ses voiles d'or, va aborder
endormie dans quelque anse retirée du fleuve.

Les deux rives du Meschacebé présentent le
tableau le plus extraordinaire. Sur le bord occidental, des savanes se déroulent à perte de vue ;
leurs flots de verdure, en s'éloignant, semblent
monter dans l'azur du ciel où ils s'évanouissent.
On voit dans ces prairies sans bornes, errer à
l'aventure des troupeaux de trois ou quatre mille
buffles sauvages. Quelquefois un bison chargé
d'années, fendant les flots à la nage, se vient
coucher parmi de hautes herbes, dans une île du
Meschacebé. A son front orné de deux croissants,
à sa barbe antique et limoneuse, vous le pren-
driez pour le dieu du fleuve, qui jette un œil

satisfait sur la grandeur de ses ondes, et la sauvage abondance de ses rives.

Telle est la scène sur le bord occidental ; mais elle change sur le bord opposé, et forme avec la première un admirable contraste. Suspendus sur le cours des eaux, groupés sur les rochers et sur les montagnes, dispersés dans les vallées, des arbres de toutes les formes, de toutes les couleurs, de tous les parfums, se mêlent, croissent ensemble, montent dans les airs à des hauteurs qui fatiguent les regards. Les vignes sauvages, les bignonias, les coloquintes, s'entrelacent au pied de ces arbres, escaladent leurs rameaux, grimpent à l'extrémité des branches, s'élancent de l'érable au tulipier, du tulipier à l'alcée, en formant mille grottes, mille voûtes, mille portiques. Souvent égarées d'arbre en arbre, ces lianes traversent des bras de rivières, sur lesquels elles jettent des ponts de fleurs. Du sein de ces massifs, le magnolia élève son cône immobile ; surmonté de ses larges roses blanches, il domine toute la forêt, et n'a d'autre rival que le palmier, qui balance légèrement auprès de lui ses éventails de verdure.

Une multitude d'animaux, placés dans ces retraites par la main du Créateur, y répandent l'enchantement et la vie. De l'extrémité des avenues, on aperçoit des ours enivrés de raisins, qui chancellent sur les branches des ormeaux ; des caribous se baignent dans un lac ; des écureuils noirs se jouent dans l'épaisseur des feuillages ; des oiseaux moqueurs, des colombes de Virginie de la grosseur d'un passereau, descendent sur les gazons rougis par les fraises ; des perroquets verts à tête jaune, des piverts empourprés, des cardinaux de feu, grimpent en circulant au haut des cyprès ; des colibris étincellent sur le jasmin des Florides, et des serpents-oiseleurs sifflent suspendus aux dômes des bois, en s'y balançant comme des lianes.

Si tout est silence et repos dans les savanes de l'autre côté du fleuve, tout ici, au contraire, est mouvement et murmure : des coups de bec contre le tronc des chênes, des froissements d'animaux qui marchent, broutent ou broient entre leurs dents les noyaux des fruits, des bruissements d'ondes, de faibles gémissements, de sourds meuglements, de doux roucoulements remplissent ces déserts d'une tendre et sauvage harmonie. Mais quand une brise vient à animer ces solitudes, à balancer ces corps flottants, à confondre ces masses de blanc, d'azur, de vert, de rose, à mêler toutes les couleurs, à réunir tous les murmures ; alors il sort de tels bruits du fond des forêts, il se passe de telles choses aux yeux, que j'essaierais en vain de les décrire à ceux qui n'ont point parcouru ces champs primitifs de la nature.

Après la découverte du Meschacebé par le P. Marquette et l'infortuné La Salle, les premiers Français qui s'établirent au Biloxi et à la Nouvelle-Orléans, firent alliance avec les Natchez, nation Indienne, dont la puissance était redoutable dans ces contrées. Des querelles et des jalousies ensanglantèrent dans la suite la terre de l'hospitalité. Il y avait parmi ces Sauvages un vieillard nommé Chactas [1], qui, par son âge, sa sagesse, et sa science dans les choses de la vie, était le patriarche et l'amour des déserts. Comme tous les hommes, il avait acheté la vertu par l'infortune. Non seulement les forêts du Nouveau-Monde furent remplies de ses malheurs, mais il les porta jusque sur les rivages de la France. Retenu aux galères à Marseille par une

---

1. La voix harmonieuse. (*Note de Chateaubriand.*)

cruelle injustice, rendu à la liberté, présenté à Louis XIV, il avait conversé avec les grands hommes de ce siècle et assisté aux fêtes de Versailles, aux tragédies de Racine, aux oraisons funèbres de Bossuet : en un mot, le Sauvage avait contemplé la société à son plus haut point de splendeur.

Depuis plusieurs années, rentré dans le sein de sa patrie, Chactas jouissait du repos. Toutefois le ciel lui vendait encore cher cette faveur ; le vieillard était devenu aveugle. Une jeune fille l'accompagnait sur les coteaux du Meschacebé, comme Antigone guidait les pas d'Œdipe sur le Cythéron, ou comme Malvina conduisait Ossian sur les rochers de Morven.

Malgré les nombreuses injustices que Chactas avait éprouvées de la part des Français, il les aimait. Il se souvenait toujours de Fénelon, dont il avait été l'hôte, et désirait pouvoir rendre quelque service aux compatriotes de cet homme vertueux. Il s'en présenta une occasion favorable. En 1725, un Français, nommé René, poussé par des passions et des malheurs, arriva à la Louisiane. Il remonta le Meschacebé jusqu'aux Natchez et demanda à être reçu guerrier de cette nation. Chactas l'ayant interrogé, et le trouvant inébranlable dans sa résolution, l'adopta pour fils, et lui donna pour épouse une Indienne, appelée Céluta. Peu de temps après ce mariage, les Sauvages se préparèrent à la chasse du castor.

Chactas, quoique aveugle, est désigné par le conseil des Sachems[1] pour commander l'expédition, à cause du respect que les tribus indiennes lui portaient. Les prières et les jeûnes commencent : les Jongleurs interprètent les songes ; on consulte les Manitous ; on fait des

---

1. Vieillards ou conseillers. (*Note de Chateaubriand.*)

sacrifices de petun; on brûle des filets de langue
d'orignal; on examine s'ils pétillent dans la
flamme, afin de découvrir la volonté des Génies;
on part enfin, après avoir mangé le chien sacré.
René est de la troupe. A l'aide des contre-cou-
rants, les pirogues remontent le Meschacebé, et
entrent dans le lit de l'Ohio. C'est en automne.
Les magnifiques déserts du Kentucky se
déploient aux yeux étonnés du jeune Français.
Une nuit, à la clarté de la lune, tandis que tous les
Natchez dorment au fond de leurs pirogues, et
que la flotte indienne, élevant ses voiles de peaux
de bêtes, fuit devant une légère brise, René,
demeuré seul avec Chactas, lui demande le récit
de ses aventures. Le vieillard consent à le satisfaire, et assis avec lui sur la poupe de la pirogue,
il commence en ces mots :

LE RÉCIT

LES CHASSEURS

« C'est une singulière destinée, mon cher fils, que celle qui nous réunit. Je vois en toi l'homme civilisé qui s'est fait sauvage; tu vois en moi l'homme sauvage, que le grand Esprit (j'ignore pour quel dessein) a voulu civiliser. Entrés l'un et l'autre dans la carrière de la vie, par les deux bouts opposés, tu es venu te reposer à ma place, et j'ai été m'asseoir à la tienne : ainsi nous avons dû avoir des objets une vue totalement différente. Qui, de toi ou de moi, a le plus gagné ou le plus perdu à ce changement de position ? C'est ce que savent les Génies, dont le moins savant a plus de sagesse que tous les hommes ensemble.

« A la prochaine lune des fleurs[1], il y aura sept fois dix neiges, et trois neiges de plus[2], que ma mère me mit au monde, sur les bords du Meschacebé. Les Espagnols s'étaient depuis peu établis dans la baie de Pensacola, mais aucun blanc n'habitait encore la Louisiane. Je comptais à peine dix-sept chutes de feuilles, lorsque je marchai avec mon père, le guerrier Outalissi, contre les Muscogulges, nation puissante des Florides. Nous nous joignîmes aux Espagnols nos alliés, et le combat se donna sur une des branches de la

---

1. Mois de mai. *(Note de Chateaubriand.)*
2. Neige pour année, 73 ans. *(Note de Chateaubriand.)*

Maubile. Areskoui[1] et les Manitous ne nous furent pas favorables. Les ennemis triomphèrent; mon père perdit la vie; je fus blessé deux fois en le défendant. Oh! que ne descendis-je alors dans le pays des âmes[2], j'aurais évité les malheurs qui m'attendaient sur la terre! Les Esprits en ordonnèrent autrement : je fus entraîné par les fuyards à Saint-Augustin.

« Dans cette ville, nouvellement bâtie par les Espagnols, je courais le risque d'être enlevé pour les mines de Mexico, lorsqu'un vieux Castillan, nommé Lopez, touché de ma jeunesse et de ma simplicité, m'offrit un asile, et me présenta à une sœur avec laquelle il vivait sans épouse.

« Tous les deux prirent pour moi les sentiments les plus tendres. On m'éleva avec beaucoup de soin, on me donna toutes sortes de maîtres. Mais après avoir passé trente lunes à Saint-Augustin, je fus saisi du dégoût de la vie des cités. Je dépérissais à vue d'œil : tantôt je demeurais immobile pendant des heures, à contempler la cime des lointaines forêts; tantôt on me trouvait assis au bord d'un fleuve, que je regardais tristement couler. Je me peignais les bois à travers lesquels cette onde avait passé, et mon âme était tout entière à la solitude.

« Ne pouvant plus résister à l'envie de retourner au désert, un matin je me présentai à Lopez, vêtu de mes habits de Sauvage, tenant d'une main mon arc et mes flèches, et de l'autre mes vêtements européens. Je les remis à mon généreux protecteur, aux pieds duquel je tombai, en versant des torrents de larmes. Je me donnai des noms odieux, je m'accusai d'ingratitude : « Mais « enfin, lui dis-je, ô mon père, tu le vois toi- « même : je meurs, si je ne reprends la vie de « l'Indien. »

1. Dieu de la guerre. *(Note de Chateaubriand.)*
2. Les enfers. *(Note de Chateaubriand.)*

« Lopez, frappé d'étonnement, voulut me détourner de mon dessein. Il me représenta les dangers que j'allais courir, en m'exposant à tomber de nouveau entre les mains des Muscogulges. Mais voyant que j'étais résolu à tout entreprendre, fondant en pleurs, et me serrant dans ses bras : « Va, s'écria-t-il, enfant de la nature ! « reprends cette indépendance de l'homme, que « Lopez ne te veut point ravir. Si j'étais plus « jeune moi-même, je t'accompagnerais au « désert (où j'ai aussi de doux « souvenirs !) et je « te remettrais dans les bras de ta mère. Quand « tu seras dans tes forêts, songe quelquefois à ce « vieil Espagnol qui te donna l'hospitalité, et « rappelle-toi, pour te porter à l'amour de tes « semblables, que la première expérience que tu « as faite du cœur humain, a été toute en sa « faveur. »

Lopez finit par une prière au Dieu des Chrétiens, dont j'avais refusé d'embrasser le culte, et nous nous quittâmes avec des sanglots.

« Je ne tardai pas être puni de mon ingratitude. Mon inexpérience m'égara dans les bois, et je fus pris par un parti de Muscogulges et de Siminoles, comme Lopez me l'avait prédit. Je fus reconnu pour Natché, à mon vêtement et aux plumes qui ornaient ma tête. On m'enchaîna, mais légèrement, à cause de ma jeunesse. Simaghan, le chef de la troupe, voulut savoir mon nom. Je répondis : « Je m'appelle Chactas, fils d'Outa- « lissi, fils de Miscou, qui ont enlevé plus de cent « chevelures aux héros Muscogulges. » Simag- « han me dit : « Chactas, fils d'Outalissi, fils de « Miscou, réjouis-toi ; tu seras brûlé au grand « village. » Je repartis : « Voilà qui va bien » ; et « j'entonnai ma chanson de mort.

« Tout prisonnier que j'étais, je ne pouvais, durant les premiers jours, m'empêcher d'admirer mes ennemis. Le Muscogulge, et surtout son allié le Siminole, respire la gaieté, l'amour, le contentement. Sa démarche est légère, son abord ouvert et serein. Il parle beaucoup et avec volubilité ; son langage est harmonieux et facile. L'âge même ne peut ravir aux Sachems cette simplicité joyeuse : comme les vieux oiseaux de nos bois, ils mêlent encore leurs vieilles chansons aux airs nouveaux de leur jeune postérité.

« Les femmes qui accompagnaient la troupe témoignaient pour ma jeunesse une pitié tendre et une curiosité aimable. Elles me questionnaient sur ma mère, sur les premiers jours de ma vie ; elles voulaient savoir si l'on suspendait mon berceau de mousse aux branches fleuries des érables, si les brises m'y balançaient, auprès du nid des petits oiseaux. C'était ensuite mille autres questions sur l'état de mon cœur : elles me demandaient si j'avais vu une biche blanche dans mes songes, et si les arbres de la vallée secrète m'avaient conseillé d'aimer. Je répondais avec naïveté aux mères, aux filles et aux épouses des hommes. Je leur disais : « Vous êtes les « grâces du jour, et la nuit vous aime comme la « rosée. L'homme sort de votre sein pour se sus- « pendre à votre mamelle et à votre bouche ; vous « savez des paroles magiques qui endorment « toutes les douleurs. Voilà ce que m'a dit celle « qui m'a mis au monde, et qui ne me reverra « plus ! Elle m'a dit encore que les vierges étaient « des fleurs mystérieuses qu'on trouve dans les « lieux solitaires. »

« Ces louanges faisaient beaucoup de plaisir aux femmes ; elles me comblaient de toute sorte de dons ; elles m'apportaient de la crème de noix, du sucre d'érable, de la sagamité[1], des jambons

---

1. Sorte de pâte de maïs. *(Note de Chateaubriand.)*

d'ours, des peaux de castors, des coquillages pour me parer, et des mousses pour ma couche. Elles chantaient, elles riaient avec moi, et puis elles se prenaient à verser des larmes, en songeant que je serais brûlé.

« Une nuit que les Muscogulges avaient placé leur camp sur le bord d'une forêt, j'étais assis auprès du *feu de la guerre*, avec le chasseur commis à ma garde. Tout à coup j'entendis le murmure d'un vêtement sur l'herbe, et une femme à demi voilée vint s'asseoir à mes côtés. Des pleurs roulaient sous sa paupière ; à la lueur du feu un petit crucifix d'or brillait sur son sein. Elle était régulièrement belle ; l'on remarquait sur son visage je ne sais quoi de vertueux et de passionné, dont l'attrait était irrésistible. Elle joignait à cela des grâces plus tendres ; une extrême sensibilité, unie à une mélancolie profonde, respirait dans ses regards ; son sourire était céleste.

« Je crus que c'était la *Vierge des dernières amours*, cette vierge qu'on envoie au prisonnier de guerre, pour enchanter sa tombe. Dans cette persuasion, je lui dis en balbutiant, et avec un trouble qui pourtant ne venait pas de la crainte du bûcher : « Vierge vous êtes digne des pre-
« mières amours, et vous n'êtes pas faite pour les
« dernières. Les mouvements d'un cœur qui va
« bientôt « cesser de battre répondraient mal aux
« mouvements du vôtre. Comment mêler la mort
« et la vie ? Vous me feriez trop regretter le jour.
« Qu'un autre soit plus heureux que moi, et que
« de longs embrassements unissent la liane et le
« chêne ! »

« La jeune fille me dit alors : « Je ne suis point
la *Vierge des dernières amours*. Es-tu chrétien ? »
Je répondis que je n'avais point trahi les Génies
de ma cabane. A ces mots, l'Indienne fit un

mouvement involontaire. Elle me dit : « Je te
« plains de n'être qu'un méchant idolâtre. Ma
« mère m'a fait chrétienne ; je me nomme Atala,
« fille de Simaghan aux bracelets d'or, et chef des
« guerriers de cette troupe. Nous nous rendons à
« Apalachucla où tu seras brûlé. » En prononçant ces mots, Atala se lève et s'éloigne.

Ici Chactas fut contraint d'interrompre son
récit. Les souvenirs se pressèrent en foule dans
son âme ; ses yeux éteints inondèrent de larmes
ses joues flétries : telles deux sources cachées
dans la profonde nuit de la terre se décèlent par
les eaux qu'elles laissent filtrer entre les rochers.

« O mon fils, reprit-il enfin, tu vois que Chactas
est bien peu sage, malgré sa renommée de
sagesse. Hélas, mon cher enfant, les hommes ne
peuvent déjà plus voir, qu'ils peuvent encore
pleurer ! Plusieurs jours s'écoulèrent ; la fille du
Sachem revenait chaque soir me parler. Le sommeil avait fui de mes yeux, et Atala était dans
mon cœur, comme le souvenir de la couche de
mes pères.

« Le dix-septième jour de marche, vers le
temps où l'éphémère sort des eaux, nous
entrâmes sur la grande savane Alachua. Elle est
environnée de coteaux, qui, fuyant les uns derrière les autres, portent, en s'élevant jusqu'aux
nues, des forêts étagées de copalmes, de citron-
niers, de magnolias et de chênes verts. Le chef
poussa le cri d'arrivée, et la troupe campa au
pied des collines. On me relégua à quelque distance, au bord d'un de ces *Puits naturels*, si
fameux dans les Florides. J'étais attaché au pied
d'un arbre ; un guerrier veillait impatiemment
auprès de moi. J'avais à peine passé quelques
instants dans ce lieu, qu'Atala parut sous les
liquidambars de la fontaine. « Chasseur, dit-elle
« au héros Muscogulge, si tu veux poursuivre le

« chevreuil, je garderai le prisonnier. » Le guerrier bondit de joie à cette parole de la fille du
chef; il s'élance du sommet de la colline et
allonge ses pas dans la plaine.

« Étrange contradiction du cœur de l'homme!
Moi qui avais tant désiré de dire les choses du
mystère à celle que j'aimais déjà comme le soleil,
maintenant interdit et confus, je crois que j'eusse
préféré d'être jeté aux crocodiles de la fontaine, à
me trouver seul ainsi avec Atala. La fille du
désert était aussi troublée que son prisonnier;
nous gardions un profond silence; les Génies de
l'amour avaient dérobé nos paroles. Enfin, Atala,
faisant un effort, dit ceci : « Guerrier, vous êtes
« retenu bien faiblement; vous pouvez aisément
« vous échapper. » A ces mots, la hardiesse revint
sur ma langue, je répondis : « Faiblement retenu,
ô femme...! » Je ne sus comment achever. Atala
hésita quelques moments; puis elle dit : « Sau-
vez-vous. » Et elle me détacha du tronc de
l'arbre. Je saisis la corde; je la remis dans la
main de la fille étrangère, en forçant ses beaux
doigts à se fermer sur ma chaîne. « Reprenez-la!
« reprenez-la! m'écriai-je. » « Vous êtes un
« insensé, dit Atala d'une voix émue. Malheu-
« reux! ne sais-tu pas que tu seras brûlé? Que
« prétends-tu? Songes-tu bien que je suis la fille
« d'un redoutable Sachem? » « Il fut un temps,
« répliquai-je avec des larmes, que j'étais aussi
« porté dans une peau de castor, aux épaules
« d'une mère. Mon père avait aussi une belle
« hutte, et ses chevreuils buvaient les eaux de
« mille torrents; mais j'erre maintenant sans
« patrie. Quand je ne serai plus, aucun ami ne
« mettra un peu d'herbe sur mon corps, pour le
« garantir des mouches. Le corps d'un étranger
« malheureux n'intéresse personne. »

« Ces mots attendrirent Atala. Ses larmes tom-

bèrent dans la fontaine. « Ah ! repris-je avec viva-
« cité, si votre cœur parlait comme le mien ! Le
« désert n'est-il pas libre ? Les forêts n'ont-elles
« point des replis où nous cacher ? Faut-il donc,
« pour être heureux, tant de choses aux enfants
« des cabanes ! O fille plus belle que le premier
« songe de l'époux ! O ma bien-aimée ! ose suivre
« mes pas. » Telles furent mes paroles. Atala me
répondit d'une voix tendre : « Mon jeune ami,
« vous avez appris le langage des blancs, il est
« aisé de tromper une Indienne. » « Quoi !
« m'écriai-je, vous m'appelez votre jeune ami !
« Ah ! si un pauvre esclave... » « Eh bien ! dit-elle,
« en se penchant sur moi, un pauvre esclave... »
« Je repris avec ardeur : « Qu'un baiser l'assure
« de ta foi ! » Atala écouta ma prière. Comme un
faon semble pendre aux fleurs de lianes roses,
qu'il saisit de sa langue délicate dans l'escarpe-
ment de la montagne, ainsi je restai suspendu
aux lèvres de ma bien-aimée.

« Hélas ! mon cher fils, la douleur touche de
près au plaisir. Qui eût pu croire que le moment
où Atala me donnait le premier gage de son
amour, serait celui-là même où elle détruirait
mes espérances ? Cheveux blanchis du vieux
Chactas, quel fut votre étonnement, lorsque la
fille du Sachem prononça ces paroles ! « Beau
« prisonnier, j'ai follement cédé à ton désir ; mais
« où nous conduira cette passion ? Ma religion
« me sépare de toi pour toujours... O ma mère !
« qu'as-tu fait ?... » Atala se tut tout à coup, et
retint je ne sus quel fatal secret près d'échapper à
ses lèvres. Ses paroles me plongèrent dans le
désespoir. « Eh bien ! m'écriai-je, je serai aussi
« cruel que vous ; je ne fuirai point. Vous me
« verrez dans le cadre de feu ; vous entendrez les
« gémissements de ma chair, et vous serez pleine
« de joie. » Atala saisit mes mains entre les deux

« siennes. Pauvre jeune idolâtre, s'écria-t-elle, tu
« me fais réellement pitié ! Tu veux donc que je
« pleure tout mon cœur ? Quel dommage que je
« ne puisse fuir avec toi ! Malheureux a été le
« ventre de ta mère, ô Atala ! Que ne te jettes-tu
« au crocodile de la fontaine ! »

« Dans ce moment même, les crocodiles, aux
approches du coucher du soleil, commençaient à
faire entendre leurs rugissements. Atala me dit :
« Quittons « ces lieux. » J'entraînai la fille de
Simaghan aux pieds des coteaux qui formaient
des golfes de verdure, en avançant leurs promon-
toires dans la savane. Tout était calme et superbe
au désert. La cigogne criait sur son nid, les bois
retentissaient du chant monotone des cailles, du
sifflement des perruches, du mugissement des
bisons et du hennissement des cavales Siminoles.

« Notre promenade fut presque muette. Je
marchais à côté d'Atala ; elle tenait le bout de la
corde, que je l'avais forcée de reprendre. Quelquefois nous versions des pleurs ; quelquefois
nous essayions de sourire. Un regard, tantôt levé
vers le ciel, tantôt attaché à la terre, une oreille
attentive au chant de l'oiseau, un geste vers le
soleil couchant, une main tendrement serrée, un
sein tour à tour palpitant, tour à tour tranquille,
les noms de Chactas et d'Atala doucement répétés par intervalle... Oh ! première promenade de
l'amour, il faut que votre souvenir soit bien puissant, puisque, après tant d'années d'infortune,
vous remuez encore le cœur du vieux Chactas !

« Qu'ils sont incompréhensibles les mortels
agités par les passions ! Je venais d'abandonner
le généreux Lopez, je venais de m'exposer à tous
les dangers pour être libre ; dans un instant le
regard d'une femme avait changé mes goûts, mes
résolutions, mes pensées ! Oubliant mon pays,

ma mère, ma cabane et la mort affreuse qui m'attendait, j'étais devenu indifférent à tout ce qui n'était pas Atala ! Sans force pour m'élever à la raison de l'homme, j'étais retombé tout à coup dans une espèce d'enfance ; et loin de pouvoir rien faire pour me soustraire aux maux qui m'attendaient, j'aurais eu presque besoin qu'on s'occupât de mon sommeil et de ma nourriture !

« Ce fut donc vainement qu'après nos courses dans la savane, Atala, se jetant à mes genoux, m'invita de nouveau à la quitter. Je lui protestai que je retournerais seul au camp, si elle refusait de me rattacher au pied de mon arbre. Elle fut obligée de me satisfaire, espérant me convaincre une autre fois.

« Le lendemain de cette journée, qui décida du destin de ma vie, on s'arrêta dans une vallée, non loin de Cuscowilla, capitale des Siminoles. Ces Indiens unis aux Muscogulges, forment avec eux la confédération des Creeks. La fille du pays des palmiers vint me trouver au milieu de la nuit. Elle me conduisit dans une grande forêt de pins et renouvela ses prières pour m'engager à la fuite. Sans lui répondre, je pris sa main dans ma main, et je forçai cette biche altérée d'errer avec moi dans la forêt. La nuit était délicieuse. Le Génie des airs secouait sa chevelure bleue, embaumée de la senteur des pins, et l'on respirait la faible odeur d'ambre, qu'exhalaient les crocodiles couchés sous les tamarins des fleuves. La lune brillait au milieu d'un azur sans tache, et sa lumière gris de perle descendait sur la cime indéterminée des forêts. Aucun bruit ne se faisait entendre, hors je ne sais quelle harmonie lointaine qui régnait dans la profondeur des bois : on eût dit que l'âme de la solitude soupirait dans toute l'étendue du désert.

« Nous aperçûmes à travers les arbres un jeune

homme, qui, tenant à la main un flambeau, ressemblait au Génie du printemps, parcourant les forêts pour ranimer la nature. C'était un amant qui allait s'instruire de son sort à la cabane de sa maîtresse.

« Si la vierge éteint le flambeau, elle accepte les vœux offerts ; si elle se voile sans l'éteindre, elle rejette un époux.

« Le guerrier, en se glissant dans les ombres, chantait à demi-voix ces paroles :

« Je devancerai les pas du jour sur le sommet « des montagnes, pour chercher ma colombe « solitaire parmi les chênes de la forêt.

« J'ai attaché à son cou un collier de porce-« laines[1] ; on y voit trois grains rouges pour mon « amour, trois violets pour mes craintes, trois « bleus pour mes espérances.

« Mila a les yeux d'une hermine et la chevelure « légère d'un champ de riz ; sa bouche est un « coquillage rose, garni de perles ; ses deux seins « sont comme deux petits chevreaux sans tache, « nés au même jour d'une seule mère.

« Puisse Mila éteindre ce flambeau ! Puisse sa « bouche verser sur lui une ombre voluptueuse ! « Je fertiliserai son sein. L'espoir de la patrie « pendra à sa mamelle féconde, et je fumerai « mon calumet de paix sur le berceau de mon « fils !

« Ah ! laissez-moi devancer les pas du jour sur « le sommet des montagnes, pour chercher ma « colombe solitaire parmi les chênes de la « forêt ! »

« Ainsi chantait ce jeune homme, dont les

---

1. Sorte de coquillage. (*Note de Chateaubriand.*)

accents portèrent le trouble jusqu'au fond de mon âme, et firent changer de visage à Atala. Nos mains unies frémirent l'une dans l'autre. Mais nous fûmes distraits de cette scène, par une scène non moins dangereuse pour nous.

« Nous passâmes auprès du tombeau d'un enfant, qui servait de limite à deux nations. On l'avait placé au bord du chemin, selon l'usage, afin que les jeunes femmes, en allant à la fontaine, pussent attirer dans leur sein l'âme de l'innocente créature, et la rendre à la patrie. On y voyait dans ce moment des épouses nouvelles qui, désirant les douceurs de la maternité, cherchaient, en entrouvrant leurs lèvres, à recueillir l'âme du petit enfant, qu'elles croyaient voir errer sur les fleurs. La véritable mère vint ensuite déposer une gerbe de maïs et des fleurs de lis blancs sur le tombeau. Elle arrosa la terre de son lait, s'assit sur le gazon humide, et parla à son enfant d'une voix attendrie :

« Pourquoi te pleuré-je dans ton berceau de « terre, ô mon nouveau-né ? Quand le petit oiseau « devient grand, il faut qu'il cherche sa nourri-« ture, et il trouve dans le désert bien des graines « amères. Du moins tu as ignoré les pleurs ; du « moins ton cœur n'a point été exposé au souffle « dévorant des hommes. Le bouton qui sèche « dans son enveloppe, passe avec tous ses par-« fums, comme toi, ô mon fils ! avec toute ton « innocence. Heureux ceux qui meurent au ber-« ceau, ils n'ont connu que les baisers et les « sourires d'une mère ! »

« Déjà subjugués par notre propre cœur, nous fûmes accablés par ces images d'amour et de maternité, qui semblaient nous poursuivre dans ces solitudes enchantées. J'emportai Atala dans mes bras au fond de la forêt, et je lui dis des choses qu'aujourd'hui je chercherais en vain sur mes lèvres. Le vent du midi, mon cher fils, perd sa chaleur en passant sur des montagnes de glace. Les souvenirs de l'amour dans le cœur d'un vieillard sont comme les feux du jour réfléchis par l'orbe paisible de la lune, lorsque le soleil est couché et que le silence plane sur les huttes des Sauvages.

« Qui pouvait sauver Atala ? Qui pouvait l'empêcher de succomber à la nature ? Rien qu'un miracle, sans doute ; et ce miracle fut fait ! La fille de Simaghan eut recours au Dieu des Chrétiens ; elle se précipita sur la terre, et prononça une fervente oraison, adressée à sa mère et à la reine des vierges. C'est de ce moment, ô René, que j'ai conçu une merveilleuse idée de cette religion, qui dans les forêts, au milieu de toutes les privations de la vie, peut remplir de mille dons les infortunés ; de cette religion, qui opposant sa puissance au torrent des passions suffit seule pour les vaincre, lorsque tout les favorise, et le secret des bois et l'absence des hommes et la fidélité des ombres. Ah ! qu'elle me parut divine, la simple Sauvage, l'ignorante Atala, qui à genoux devant un vieux pin tombé, comme au pied d'un autel, offrait à son Dieu des vœux pour un amant idolâtre ! Ses yeux levés vers l'astre de la nuit, ses joues brillantes des pleurs de la religion et de l'amour, étaient d'une beauté immortelle. Plusieurs fois il me sembla qu'elle allait prendre son vol vers les cieux ; plusieurs fois je crus voir descendre sur les rayons de la lune et entendre dans les branches des arbres, ces Génies que le Dieu des Chrétiens envoie aux ermites des rochers, lorsqu'il se dispose à les rappeler à lui. J'en fus affligé, car je craignis qu'Atala n'eût que peu de temps à passer sur la terre.

« Cependant elle versa tant de larmes, elle se

montra si malheureuse, que j'allais peut-être consentir à m'éloigner, lorsque le cri de mort retentit dans la forêt. Quatre hommes armés se précipitent sur moi : nous avions été découverts ; le chef de guerre avait donné l'ordre de nous poursuivre.

« Atala, qui ressemblait à une reine pour l'orgueil de la démarche, dédaigna de parler à ces guerriers. Elle leur lança un regard superbe, et se rendit auprès de Simaghan.

« Elle ne put rien obtenir. On redoubla mes gardes, on multiplia mes chaînes, on écarta mon amante. Cinq nuits s'écoulent, et nous apercevons Apalachucla située au bord de la rivière Chata-Uche. Aussitôt on me couronne de fleurs ; on me peint le visage d'azur et de vermillon ; on m'attache des perles au nez et aux oreilles et l'on me met à la main un chichikoué[1].

« Ainsi paré pour le sacrifice, j'entre dans Apalachucla, aux cris répétés de la foule. C'en était fait de ma vie, quand tout à coup le bruit d'une conque se fait entendre, et le Mico, ou chef de la nation, ordonne de s'assembler.

« Tu connais, mon fils, les tourments que les Sauvages font subir aux prisonniers de guerre. Les missionnaires chrétiens, aux périls de leurs jours, et avec une charité infatigable, étaient parvenus, chez plusieurs nations, à faire substituer un esclavage assez doux aux horreurs du bûcher. Les Muscogulges n'avaient point encore adopté cette coutume ; mais un parti nombreux s'était déclaré en sa faveur. C'était pour prononcer sur cette importante affaire, que le Mico convoquait les Sachems. On me conduit au lieu des délibérations.

« Non loin d'Apalachucla s'élevait, sur un

1. Instrument de musique des Sauvages. *(Note de Chateaubriand.)*

tertre isolé, le pavillon du conseil. Trois cercles de colonnes formaient l'élégante architecture de cette rotonde. Les colonnes étaient de cyprès poli et sculpté ; elles augmentaient en hauteur et en épaisseur, et diminuaient en nombre, à mesure qu'elles se rapprochaient du centre marqué par un pilier unique. Du sommet de ce pilier partaient des bandes d'écorce, qui passant sur le sommet des autres colonnes, couvraient le pavillon, en forme d'éventail à jour.

« Le conseil s'assemble. Cinquante vieillards, en manteau de castor, se rangent sur des espèces de gradins faisant face à la porte du pavillon. Le grand chef est assis au milieu d'eux, tenant à la main le calumet de paix à demi coloré pour la guerre. A la droite des vieillards, se placent cinquante femmes couvertes d'une robe de plumes de cygnes. Les chefs de guerre, le tomahawk [1] à la main, le pennache en tête, les bras et la poitrine teints de sang, prennent la gauche.

« Au pied de la colonne centrale, brûle le feu du conseil. Le premier jongleur environné des huit gardiens du temple, vêtu de longs habits, et portant un hibou empaillé sur la tête, verse du baume de copalme sur la flamme et offre un sacrifice au soleil. Ce triple rang de vieillards, de matrones, de guerriers, ces prêtres, ces nuages d'encens, ce sacrifice, tout sert à donner à ce conseil un appareil imposant.

« J'étais debout enchaîné au milieu de l'assemblée. Le sacrifice achevé, le Mico prend la parole, et expose avec simplicité l'affaire qui rassemble le conseil. Il jette un collier bleu dans la salle, en témoignage de ce qu'il vient de dire.

« Alors un Sachem de la tribu de l'Aigle, se lève, et parle ainsi :

---

1. La hache. (*Note de Chateaubriand.*)

« Mon père le Mico, Sachems, matrones, guer-
« riers des quatre tribus de l'Aigle, du Castor, du
« Serpent et de la Tortue, ne changeons rien aux
« mœurs de nos aïeux ; brûlons le prisonnier, et
« n'amollissons point nos courages. C'est une
« coutume des blancs qu'on vous propose, elle ne
« peut être que pernicieuse. Donnez un collier
« rouge qui contienne mes paroles. J'ai dit. »

« Et il jette un collier rouge dans l'assemblée.

« Une matrone se lève, et dit :

« Mon père l'Aigle, vous avez l'esprit d'un
« renard, et la prudente lenteur d'une tortue. Je
« veux polir avec vous la chaîne d'amitié, et nous
« planterons ensemble l'arbre de paix. Mais
« changeons les coutumes de nos aïeux, en ce
« qu'elles ont de funeste. Ayons des esclaves qui
« cultivent nos champs, et n'entendons plus les
« cris du prisonnier, qui troublent le sein des
« mères. J'ai dit. »

« Comme on voit les flots de la mer se briser
pendant un orage, comme en automne les
feuilles séchées sont enlevées par un tourbillon,
comme les roseaux du Meschacebé plient et se
relèvent dans une inondation subite, comme un
grand troupeau de cerfs brame au fond d'une
forêt, ainsi s'agitait et murmurait le conseil. Des
Sachems, des guerriers, des matrones parlent
tour à tour ou tous ensemble. Les intérêts se
choquent, les opinions se divisent, le conseil va se
dissoudre ; mais enfin l'usage antique l'emporte,
et je suis condamné au bûcher.

« Une circonstance vint retarder mon supplice ; la *Fête des morts* ou le *Festin des âmes*
approchait. Il est d'usage de ne faire mourir
aucun captif pendant les jours consacrés à cette
cérémonie. On me confia à une garde sévère ; et
sans doute les Sachems éloignèrent la fille de
Simaghan, car je ne la revis plus.

« Cependant les nations de plus de trois cents lieues à la ronde, arrivaient en foule pour célébrer le *Festin des âmes*. On avait bâti une longue hutte sur un site écarté. Au jour marqué, chaque cabane exhuma les restes de ses pères de leurs tombeaux particuliers, et l'on suspendit les squelettes, par ordre et par famille, aux murs de la *Salle commune des aïeux*. Les vents (une tempête s'était élevée), les forêts, les cataractes mugissaient au-dehors, tandis que les vieillards des diverses nations concluaient entre eux des traités de paix et d'alliance sur les os de leurs pères.

« On célèbre les jeux funèbres, la course, la balle, les osselets. Deux vierges cherchent à s'arracher une baguette de saule. Les boutons de leurs seins viennent se toucher, leurs mains voltigent sur la baguette qu'elles élèvent au-dessus de leurs têtes. Leurs beaux pieds nus s'entrelacent, leurs bouches se rencontrent, leurs douces haleines se confondent ; elles se penchent et mêlent leur chevelure ; elles regardent leurs mères, rougissent [1] : on applaudit. Le jongleur invoque Michabou, génie des eaux. Il raconte les guerres du grand Lièvre contre Matchimanitou, dieu du mal. Il dit le premier homme et Atahensic la première femme précipités du ciel pour avoir perdu l'innocence, la terre rougie du sang fraternel, Jouskeka l'impie immolant le juste Tahouistsaron, le déluge descendant à la voix du grand Esprit, Massou sauvé seul dans son canot d'écorce, et le corbeau envoyé à la découverte de la terre ; il dit encore la belle Endaé, retirée de la contrée des âmes par les douces chansons de son époux.

« Après ces jeux et ces cantiques, on se prépare à donner aux aïeux une éternelle sépulture.

1. La rougeur est sensible chez les jeunes Sauvages. *(Note de Chateaubriand.)*

« Sur les bords de la rivière Chata-Uche se voyait un figuier sauvage, que le culte des peuples avait consacré. Les vierges avaient accoutumé de laver leurs robes d'écorce dans ce lieu et de les exposer au souffle du désert, sur les rameaux de l'arbre antique. C'était là qu'on avait creusé un immense tombeau. On part de la salle funèbre, en chantant l'hymne à la mort; chaque famille porte quelque débris sacré. On arrive à la tombe; on y descend les reliques; on les y étend par couche; on les sépare avec des peaux d'ours et de castors; le mont du tombeau s'élève, et l'on y plante l'*Arbre des pleurs et du sommeil*.

« Plaignons les hommes, mon cher fils! Ces mêmes Indiens dont les coutumes sont si touchantes; ces mêmes femmes qui m'avaient témoigné un intérêt si tendre, demandaient maintenant mon supplice à grands cris; et des nations entières retardaient leur départ pour avoir le plaisir de voir un jeune homme souffrir des tourments épouvantables.

« Dans une vallée au nord, à quelque distance du grand village, s'élevait un bois de cyprès et de sapins, appelé le *Bois du sang*. On y arrivait par les ruines d'un de ces monuments dont on ignore l'origine, et qui sont l'ouvrage d'un peuple maintenant inconnu. Au centre de ce bois, s'étendait une arène, où l'on sacrifiait les prisonniers de guerre. On m'y conduit en triomphe. Tout se prépare pour ma mort : on plante le poteau d'Areskoui; les pins, les ormes, les cyprès tombent sous la cognée; le bûcher s'élève; les spectateurs bâtissent des amphithéâtres avec des branches et des troncs d'arbres. Chacun invente un supplice : l'un se propose de m'arracher la peau du crâne, l'autre de me brûler les yeux avec des haches ardentes. Je commence ma chanson de mort.

« Je ne crains point les tourments : je suis
« brave, ô Muscogulges, je vous défie ! je vous
« méprise plus que des femmes. Mon père Outa-
« lissi, fils de Miscou, a bu dans le crâne de vos
« plus fameux guerriers ; vous n'arracherez pas
« un soupir de mon cœur. »

« Provoqué par ma chanson, un guerrier me
perça le bras d'une flèche ; je dis : « Frère, je te
remercie. »

« Malgré l'activité des bourreaux, les préparatifs du supplice ne purent être achevés avant le
coucher du soleil. On consulta le jongleur qui
défendit de troubler les Génies des ombres, et ma
mort fut encore suspendue jusqu'au lendemain.
Mais dans l'impatience de jouir du spectacle, et
pour être plus tôt prêts au lever de l'aurore, les
Indiens ne quittèrent point le *Bois du sang* ; ils
allumèrent de grands feux, et commencèrent des
festins et des danses.

« Cependant on m'avait étendu sur le dos. Des
cordes partant de mon cou, de mes pieds, de mes
bras, allaient s'attacher à des piquets enfoncés en
terre. Des guerriers étaient couchés sur ces
cordes, et je ne pouvais faire un mouvement, sans
qu'ils en fussent avertis. La nuit s'avance : les
chants et les danses cessent par degré ; les feux ne
jettent plus que des lueurs rougeâtres, devant
lesquelles ont voit encore passer les ombres de
quelques Sauvages ; tout s'endort ; à mesure que
le bruit des hommes s'affaiblit, celui du désert
augmente, et au tumulte des voix succèdent les
plaintes du vent dans la forêt.

« C'était l'heure où une jeune Indienne qui
vient d'être mère, se réveille en sursaut au milieu
de la nuit, car elle a cru entendre les cris de son
premier né, qui lui demande la douce nourriture.
Les yeux attachés au ciel, où le croissant de la
lune errait dans les nuages, je réfléchissais sur

ma destinée. Atala me semblait un monstre
d'ingratitude. M'abandonner au moment du supplice, moi qui m'étais dévoué aux flammes plutôt
que de la quitter! Et pourtant je sentais que je
l'aimais toujours, et que je mourrais avec joie
pour elle.

« Il est dans les extrêmes plaisirs, un aiguillon
qui nous éveille, comme pour nous avertir de
profiter de ce moment rapide; dans les grandes
douleurs, au contraire, je ne sais quoi de pesant
nous endort; des yeux fatigués par les larmes
cherchent naturellement à se fermer, et la bonté
de la Providence se fait ainsi remarquer, jusque
dans nos infortunes. Je cédai, malgré moi, à ce
lourd sommeil que goûtent quelquefois les misérables. Je rêvais qu'on m'ôtait mes chaînes; je
croyais sentir ce soulagement qu'on éprouve,
lorsque, après avoir été fortement pressé, une
main secourable relâche nos fers.

« Cette sensation devint si vive, qu'elle me fit
soulever les paupières. A la clarté de la lune, dont
un rayon s'échappait entre deux nuages, j'entre-
vois une grande figure blanche penchée sur moi,
et occupée à dénouer silencieusement mes liens.
J'allais pousser un cri, lorsqu'une main, que je
reconnus à l'instant, me ferma la bouche. Une
seule corde restait, mais il paraissait impossible
de la couper, sans toucher un guerrier qui la
couvrait tout entière de son corps. Atala y porte
la main, le guerrier s'éveille à demi, et se dresse
sur son séant. Atala reste immobile, et le regarde.
L'Indien croit voir l'Esprit des ruines; il se
recouche en fermant les yeux et en invoquant son
Manitou. Le lien est brisé. Je me lève; je suis ma
libératrice, qui me tend le bout d'un arc dont elle
tient l'autre extrémité. Mais que de dangers nous
environnent! Tantôt nous sommes près de heur-
ter des Sauvages endormis; tantôt une garde

nous interroge, et Atala répond en changeant sa
voix. Des enfants poussent des cris, des dogues
aboient. A peine sommes-nous sortis de
l'enceinte funeste, que des hurlements ébranlent
la forêt. Le camp se réveille, mille feux s'allu-
ment ; on voit courir de tous côtés des Sauvages
avec des flambeaux ; nous précipitons notre
course.

« Quand l'aurore se leva sur les Apalaches,
nous étions déjà loin. Quelle fut ma félicité,
lorsque je me trouvai encore une fois dans la
solitude avec Atala, avec Atala ma libératrice,
avec Atala qui se donnait à moi pour toujours !
Les paroles manquèrent à ma langue, je tombai à
genoux, et je dis à la fille de Simaghan : « Les
« hommes sont bien peu de chose ; mais quand
« les Génies les visitent, alors ils ne sont rien du
« tout. Vous êtes un génie, vous m'avez visité, et
« je ne puis parler devant vous. » Atala me tendit
la main avec un sourire : « Il faut bien, dit-elle,
« que je vous suive, puisque vous ne voulez pas
« fuir sans moi. Cette nuit, j'ai séduit le jongleur
« par des présents, j'ai enivré vos bourreaux avec
« de l'essence de feu[1], et j'ai dû hasarder ma vie
« pour vous, puisque vous aviez donné la vôtre
« pour moi. Oui, jeune idolâtre, ajouta-t-elle avec
« un accent qui m'effraya, le sacrifice sera réci-
« proque. »

« Atala me remit les armes qu'elle avait eu soin
d'apporter ; ensuite elle pansa ma blessure. En
l'essuyant avec une feuille de papaya, elle la
mouillait de ses larmes. « C'est un baume, lui
« dis-je, que tu répands sur ma plaie. » « Je
« crains plutôt que ce ne soit un poison », répon-
dit-elle. Elle déchira un des voiles de son sein,
dont elle fit une première compresse, qu'elle
attacha avec une boucle de ses cheveux.

1. De l'eau-de-vie. *(Note de Chateaubriand.)*

« L'ivresse qui dure longtemps chez les Sauvages, et qui est pour eux une espèce de maladie,
les empêcha sans doute de nous poursuivre
durant les premières journées. S'ils nous cher-
chèrent ensuite, il est probable que ce fut du côté
du couchant, persuadés que nous aurions essayé
de nous rendre au Meschacebé ; mais nous avions
pris notre route vers l'étoile immobile[1], en nous
dirigeant sur la mousse du tronc des arbres.

« Nous ne tardâmes pas à nous apercevoir que
nous avions peu gagné à ma délivrance. Le désert
déroulait maintenant devant nous ses solitudes
démesurées. Sans expérience de la vie des forêts,
détournés de notre vrai chemin, et marchant à
l'aventure, qu'allions-nous devenir ? Souvent en
regardant Atala, je me rappelais cette antique
histoire d'Agar, que Lopez m'avait fait lire, et qui
est arrivée dans le désert de Bersabée, il y a bien
longtemps, alors que les hommes vivaient trois
âges de chêne.

« Atala me fit un manteau avec la seconde
écorce du frêne, car j'étais presque nu. Elle me
broda des mocassines[2] de peau de rat musqué,
avec du poil de porc-épic. Je prenais soin à mon
tour de sa parure. Tantôt je lui mettais sur la tête
une couronne de ces mauves bleues, que nous
trouvions sur notre route, dans des cimetières
indiens abandonnés ; tantôt je lui faisais des col-
liers avec des graines rouges d'azaléa ; et puis je
me prenais à sourire, en contemplant sa merveilleuse beauté.

« Quand nous rencontrions un fleuve, nous le
passions sur un radeau ou à la nage. Atala
appuyait une de ses mains sur mon épaule ; et,
comme deux cygnes voyageurs, nous traversions
ces ondes solitaires.

1. Le Nord. *(Note de Chateaubriand.)*
2. Chaussure indienne. *(Note de Chateaubriand.)*

« Souvent dans les grandes chaleurs du jour, nous cherchions un abri sous les mousses des cèdres. Presque tous les arbres de la Floride, en particulier le cèdre et le chêne vert, sont couverts d'une mousse blanche qui descend de leurs rameaux jusqu'à terre. Quand la nuit, au clair de la lune, vous apercevez sur la nudité d'une savane, une yeuse isolée revêtue de cette draperie, vous croiriez voir un fantôme, traînant après lui ses longs voiles. La scène n'est pas moins pittoresque au grand jour ; car une foule de papillons, de mouches brillantes, de colibris, de perruches vertes, de geais d'azur, vient s'accrocher à ces mousses, qui produisent alors l'effet d'une tapisserie en laine blanche, où l'ouvrier Européen aurait brodé des insectes et des oiseaux éclatants.

« C'était dans ces riantes hôtelleries, préparées par le grand Esprit, que nous nous reposions à l'ombre. Lorsque les vents descendaient du ciel pour balancer ce grand cèdre, que le château aérien bâti sur ses branches allait flottant avec les oiseaux et les voyageurs endormis sous ses abris, que mille soupirs sortaient des corridors et des voûtes du mobile édifice, jamais les merveilles de l'ancien monde n'ont approché de ce monument du désert.

« Chaque soir nous allumions un grand feu, et nous bâtissions la hutte du voyage, avec une écorce élevée sur quatre piquets. Si j'avais tué une dinde sauvage, un ramier, un faisan des bois, nous le suspendions devant le chêne embrasé, au bout d'une gaule plantée en terre, et nous abandonnions au vent le soin de tourner la proie du chasseur. Nous mangions des mousses appelées tripes de roches, des écorces sucrées de bouleau, et des pommes de mai, qui ont le goût de la pêche et de la framboise. Le noyer noir, l'érable, le

sumach, fournissaient le vin à notre table. Quelquefois j'allais chercher, parmi les roseaux, une
plante dont la fleur allongée en cornet, contenait
un verre de la plus pure rosée. Nous bénissions la
Providence qui, sur la faible tige d'une fleur,
avait placé cette source limpide au milieu des
marais corrompus, comme elle a mis l'espérance
au fond des cœurs ulcérés par le chagrin, comme
elle a fait jaillir la vertu du sein des misères de la
vie.

   « Hélas! je découvris bientôt que je m'étais
trompé sur le calme apparent d'Atala. A mesure
que nous avancions, elle devenait triste. Souvent
elle tressaillait sans cause, et tournait précipitamment la tête. Je la surprenais attachant sur
moi un regard passionné, qu'elle reportait vers le
ciel avec une profonde mélancolie. Ce qui
m'effrayait surtout, était un secret, une pensée
cachée au fond de son âme, que j'entrevoyais
dans ses yeux. Toujours m'attirant et me repous-
sant, ranimant et détruisant mes espérances,
quand je croyais avoir fait un peu de chemin
dans son cœur, je me retrouvais au même point.
Que de fois elle m'a dit : « O mon jeune amant! je
« t'aime comme l'ombre des bois au milieu du
« jour! Tu es beau comme le désert avec toutes
« ses fleurs et toutes ses brises. Si je me penche
« sur toi, je frémis; si ma main tombe sur la
« tienne, il me semble que je vais mourir. L'autre
« jour le vent jeta tes cheveux sur mon visage,
« tandis que tu te délassais sur mon sein, je crus
« sentir le léger toucher des Esprits invisibles.
« Oui, j'ai vu les chevrettes de la montagne
« d'Occone; j'ai entendu les propos des hommes
« rassasiés de jours; mais la douceur des che-
« vreaux et la sagesse des vieillards, sont moins
« plaisantes et moins fortes que tes paroles. Eh!
« bien, pauvre Chactas, je ne serai jamais ton
« épouse! »

« Les perpétuelles contradictions de l'amour et de la religion d'Atala, l'abandon de sa tendresse et la chasteté de ses mœurs, la fierté de son caractère et sa profonde sensibilité, l'élévation de son âme dans les grandes choses, sa susceptibilité dans les petites, tout en faisait pour moi un être incompréhensible. Atala ne pouvait pas prendre sur un homme un faible empire : pleine de passions, elle était pleine de puissance ; il fallait ou l'adorer, ou la haïr.

« Après quinze nuits d'une marche précipitée, nous entrâmes dans la chaîne des monts Allégany, et nous atteignîmes une des branches du Tenase, fleuve qui se jette dans l'Ohio. Aidé des conseils d'Atala, je bâtis un canot, que j'enduisis de gomme de prunier, après en avoir recousu les écorces avec des racines de sapin. Ensuite je m'embarquai avec Atala, et nous nous abandonnâmes au cours du fleuve.

« Le village indien de Sticoë, avec ses tombes pyramidales et ses huttes en ruines, se montrait à notre gauche, au détour d'un promontoire ; nous laissions à droite la vallée de Keow, terminée par la perspective des cabanes de Jore, suspendues au front de la montagne du même nom. Le fleuve qui nous entraînait, coulait entre de hautes falaises, au bout desquelles on apercevait le soleil couchant. Ces profondes solitudes n'étaient point troublées par la présence de l'homme. Nous ne vîmes qu'un chasseur Indien qui, appuyé sur son arc et immobile sur la pointe d'un rocher, ressemblait à une statue élevée dans la montagne au Génie de ces déserts.

« Atala et moi nous joignions notre silence au silence de cette scène. Tout à coup la fille de l'exil fit éclater dans les airs une voix pleine d'émotion et de mélancolie ; elle chantait la patrie absente :

« Heureux ceux qui n'ont point vu la fumée des

« fêtes de l'étranger, et qui ne se sont assis qu'aux
« festins de leurs pères !

   « Si le geai bleu de Meschacebé disait à la
« nonpareille des Florides : « Pourquoi vous plai-
« gnez-vous si tristement ? N'avez-vous pas ici de
« belles eaux et de beaux ombrages, et toutes
« sortes de pâtures comme dans vos forêts ? »
« « Oui, répondrait la nonpareille fugitive ;
« mais mon nid est dans le jasmin, qui me
« l'apportera ? Et le soleil de ma savane, l'avez-
« vous ? »

   « Heureux ceux qui n'ont point vu la fumée des
« fêtes de l'étranger, et qui ne se sont assis qu'aux
« festins de leurs pères !

   « Après les heures d'une marche pénible, le
« voyageur s'assied tristement. Il contemple au-
« tour de lui les toits des hommes ; le voyageur
« n'a pas un lieu où reposer sa tête. Le voyageur
« frappe à la cabane, il met son arc derrière la
« porte, il demande l'hospitalité ; le maître fait
« un geste de la main ; le voyageur reprend son
« arc, et retourne au désert ! »

   « Heureux ceux qui n'ont point vu la fumée des
« fêtes de l'étranger, et qui ne se sont assis qu'aux
« festins de leurs pères !

   « Merveilleuses histoires racontées autour du
« foyer, tendres épanchements du cœur, longues
« habitudes d'aimer si nécessaires à la vie, vous
« avez rempli les journées de ceux qui n'ont point
« quitté leur pays natal ! Leurs tombeaux sont
« dans leur patrie, avec le soleil couchant, les
« pleurs de leurs amis et les charmes de la reli-
« gion.

   « Heureux ceux qui n'ont point vu la fumée des
« fêtes de l'étranger, et qui ne se sont assis qu'aux
« festins de leurs pères ! »

« Ainsi chantait Atala. Rien n'interrompait ses plaintes, hors le bruit insensible de notre canot sur les ondes. En deux ou trois endroits seulement, elles furent recueillies par un faible écho qui les redit à un second plus faible, et celui-ci à un troisième plus faible encore : on eût cru que les âmes de deux amants jadis infortunés comme nous, attirées par cette mélodie touchante, se plaisaient à en soupirer les derniers sons dans la montagne.

« Cependant la solitude, la présence continuelle de l'objet aimé, nos malheurs mêmes, redoublaient à chaque instant notre amour. Les forces d'Atala commençaient à l'abandonner, et les passions, en abattant son corps, allaient triompher de sa vertu. Elle priait continuellement sa mère, dont elle avait l'air de vouloir apaiser l'ombre irritée. Quelquefois elle me demandait si je n'entendais pas une voix plaintive, si je ne voyais pas des flammes sortir de la terre. Pour moi, épuisé de fatigue, mais toujours brûlant de désir, songeant que j'étais peut-être perdu sans retour au milieu de ces forêts, cent fois je fus prêt à saisir mon épouse dans mes bras, cent fois je lui proposai de bâtir une hutte sur ces rivages et de nous y ensevelir ensemble. Mais elle me résista toujours : « Songe, me disait-elle, « mon jeune ami, qu'un guerrier se doit à sa « patrie. Qu'est-ce qu'une femme auprès des « devoirs que tu as à remplir ? Prends courage, « fils d'Outalissi, ne murmure point contre ta « destinée. Le cœur de l'homme est comme « l'éponge du fleuve, qui tantôt boit une onde « pure dans les temps de sérénité, tantôt s'enfle « d'une eau bourbeuse, quand le ciel a troublé les « eaux. L'éponge a-t-elle le droit de dire : « Je « croyais qu'il n'y aurait jamais d'orages, que le « soleil ne serait jamais brûlant ? »

« O René, si tu crains les troubles du cœur, défie-toi de la solitude : les grandes passions sont solitaires, et les transporter au désert, c'est les rendre à leur empire. Accablés de soucis et de craintes, exposés à tomber entre les mains des Indiens ennemis, à être engloutis dans les eaux, piqués des serpents, dévorés des bêtes, trouvant difficilement une chétive nourriture, et ne sachant plus de quel côté tourner nos pas, nos maux semblaient ne pouvoir plus s'accroître, lorsqu'un accident y vint mettre le comble.

« C'est le vingt-septième soleil depuis notre départ des cabanes : la *lune de feu*[1] avait commencé son cours, et tout annonçait un orage. Vers l'heure où les matrones indiennes suspendent la crosse du labour aux branches du savinier, et où les perruches se retirent dans le creux des cyprès, le ciel commença à se couvrir. Les voix de la solitude s'éteignirent, le désert fit silence, et les forêts demeurèrent dans un calme universel. Bientôt les roulements d'un tonnerre lointain, se prolongeant dans ces bois aussi vieux que le monde, en firent sortir des bruits sublimes. Craignant d'être submergés, nous nous hâtâmes de gagner le bord du fleuve, et de nous retirer dans une forêt.

« Ce lieu était un terrain marécageux. Nous avancions avec peine sous une voûte de smilax, parmi des ceps de vigne, des indigos, des faséoles, des lianes rampantes, qui entravaient nos pieds comme des filets. Le sol spongieux tremblait autour de nous, et à chaque instant nous étions près d'être engloutis dans des fondrières. Des insectes sans nombre, d'énormes chauves-souris nous aveuglaient ; les serpents à sonnette bruissaient de toutes parts ; et les loups,

---

1. Mois de juillet. *(Note de Chateaubriand.)*

les ours, les carcajous, les petits tigres, qui venaient se cacher dans ces retraites, les remplissaient de leurs rugissements.

« Cependant l'obscurité redouble : les nuages abaissés entrent sous l'ombrage des bois. La nue se déchire, et l'éclair trace un rapide losange de feu. Un vent impétueux sorti du couchant roule les nuages sur les nuages; les forêts plient; le ciel s'ouvre coup sur coup et, à travers ses crevasses, on aperçoit de nouveaux cieux et des campagnes ardentes. Quel affreux, quel magnifique spectacle ! La foudre met le feu dans les bois; l'incendie s'étend comme une chevelure de flammes; des colonnes d'étincelles et de fumée assiègent les nues qui vomissent leurs foudres dans le vaste embrasement. Alors le grand Esprit couvre les montagnes d'épaisses ténèbres; du milieu de ce vaste chaos s'élève un mugissement confus formé par le fracas des vents, le gémissement des arbres, le hurlement des bêtes féroces, le bourdonnement de l'incendie, et la chute répétée du tonnerre qui siffle en s'éteignant dans les eaux.

« Le grand Esprit le sait ! Dans ce moment je ne vis qu'Atala, je ne pensai qu'à elle. Sous le tronc penché d'un bouleau, je parvins à la garantir des torrents de la pluie. Assis moi-même sous l'arbre, tenant ma bien-aimée sur mes genoux, et réchauffant ses pieds nus entre mes mains, j'étais plus heureux que la nouvelle épouse qui sent pour la première fois son fruit tressaillir dans son sein.

« Nous prêtions l'oreille au bruit de la tempête; tout à coup je sentis une larme d'Atala tomber sur mon sein : « Orage du cœur, « m'écriai-je, est-ce une goutte de votre pluie ? » Puis embrassant étroitement celle que j'aimais : « Atala, lui dis-je, vous me cachez quelque chose. « Ouvre-moi ton cœur, ô ma beauté ! cela fait tant

« de bien, quand un ami regarde dans notre âme !
« Raconte-moi cet autre secret de la douleur que
« tu t'obstines à taire. Ah ! je le vois, tu pleures ta
« patrie. » Elle repartit aussitôt : « Enfant des
« hommes, comment pleurerais-je ma patrie,
« puisque mon père n'était pas du pays des pal-
« miers ? » « Quoi, répliquai-je avec un profond
« étonnement, votre père n'était point du pays
« des palmiers ! Quel est donc celui qui vous a
« mise sur cette terre ? Répondez. » Atala dit ces
paroles :

« Avant que ma mère eût apporté en mariage
« au guerrier Simaghan trente cavales, vingt
« buffles, cent mesures d'huile de glands, cin-
« quante peaux de castors et beaucoup d'autres
« richesses, elle avait connu un homme de la
« chair blanche. Or, la mère de ma mère lui jeta
« de l'eau au visage, et la contraignit d'épouser le
« magnanime Simaghan, tout semblable à un
« roi, et honoré des peuples comme un Génie.
« Mais ma mère dit à son nouvel époux : « Mon
« ventre a conçu, tuez-moi. » Simaghan lui
« répondit : « Le grand Esprit me garde d'une si
« mauvaise action. Je ne vous mutilerai point, je
« ne vous couperai point le nez ni les oreilles,
« parce que vous avez été sincère et que vous
« n'avez point trompé ma couche. Le fruit de vos
« entrailles sera mon fruit, et je ne vous visiterai
« qu'après le départ de l'oiseau de rizière,
« lorsque la treizième lune aura brillé. » En ce
« temps-là, je brisai le sein de ma mère, et je
« commençai à croître, fière comme une Espa-
« gnole et comme une Sauvage. Ma mère me fit
« chrétienne, afin que son Dieu et le Dieu de mon
« père fût aussi mon Dieu. Ensuite le chagrin
« d'amour vint la chercher, et elle descendit dans
« la petite cave garnie de peaux, d'où l'on ne sort
« jamais. »

« Telle fut l'histoire d'Atala. « Et quel était
« donc ton pauvre père, pauvre orpheline, lui
« dis-je ? Comment les hommes l'appelaient-ils
« sur la terre, et quel nom portait-il parmi les
« Génies ? » « Je n'ai jamais lavé les pieds de
« mon père, dit Atala ; je sais seulement qu'il
« vivait avec sa sœur à Saint-Augustin, et qu'il a
« toujours été fidèle à ma mère : Philippe était
« son nom parmi les anges, et les hommes le
« nommaient Lopez. »

« A ces mots, je poussai un cri qui retentit dans
toute la solitude ; le bruit de mes transports se
mêla au bruit de l'orage. Serrant Atala sur mon
cœur, je m'écriai avec des sanglots : « O ma
« sœur ! ô fille de Lopez ! fille de mon bienfai-
« teur ! »

Atala effrayée, me demanda d'où venait mon
trouble ; mais quand elle sut que Lopez était cet
hôte généreux qui m'avait adopté à Saint-Augustin, et que j'avais quitté pour être libre, elle fut
saisie elle-même de confusion et de joie.

« C'en était trop pour nos cœurs que cette
amitié fraternelle qui venait nous visiter, et
joindre son amour à notre amour. Désormais les
combats d'Atala allaient devenir inutiles : en
vain je la sentis porter une main à son sein, et
faire un mouvement extraordinaire ; déjà je
l'avais saisie, déjà je m'étais enivré de son
souffle, déjà j'avais bu toute la magie de l'amour
sur ses lèvres. Les yeux levés vers le ciel, à la
lueur des éclairs, je tenais mon épouse dans mes
bras, en présence de l'Éternel. Pompe nuptiale,
digne de nos malheurs et de la grandeur de nos
amours : superbes forêts qui agitiez vos lianes et
vos dômes comme les rideaux et le ciel de notre
couche, pins embrasés qui formiez les flambeaux
de notre hymen, fleuve débordé, montagnes
mugissantes, affreuse et sublime nature, n'étiez-

vous donc qu'un appareil préparé pour nous tromper, et ne pûtes-vous cacher un moment dans vos mystérieuses horreurs la félicité d'un homme !

« Atala n'offrait plus qu'une faible résistance ; je touchais au moment du bonheur, quand tout à coup un impétueux éclair, suivi d'un éclat de la foudre, sillonne l'épaisseur des ombres, remplit la forêt de soufre et de lumière, et brise un arbre à nos pieds. Nous fuyons. O surprise !... dans le silence qui succède, nous entendons le son d'une cloche ! Tous deux interdits, nous prêtons l'oreille à ce bruit si étrange dans un désert. A l'instant un chien aboie dans le lointain ; il approche, il redouble ses cris, il arrive, il hurle de joie à nos pieds ; un vieux Solitaire portant une petite lanterne, le suit à travers les ténèbres de la forêt. « La Providence soit bénie ! s'écria-« t-il, aussitôt qu'il nous aperçut. Il y a bien « longtemps que je vous cherche ! Notre chien « vous a sentis dès le commencement de l'orage, « et il m'a conduit ici. Bon Dieu ! comme ils sont « jeunes ! Pauvres enfants ! comme ils ont dû « souffrir ! Allons : j'ai apporté une peau d'ours, « ce sera pour cette jeune femme ; voici un peu de « vin dans notre calebasse. Que Dieu soit loué « dans toutes ses œuvres ! sa miséricorde est bien « grande, et sa bonté est infinie ! »

« Atala était aux pieds du religieux : « Chef de « la prière, lui disait-elle, je suis chrétienne, c'est « le ciel qui t'envoie pour me sauver. » « Ma fille, « dit l'ermite en la relevant, nous sonnons ordi-« nairement la cloche de la Mission pendant la « nuit et pendant les tempêtes, pour appeler les « étrangers ; et, à l'exemple de nos frères des « Alpes et du Liban, nous avons appris à notre « chien à découvrir les voyageurs égarés. » Pour moi, je comprenais à peine l'ermite ; cette charité

me semblait si fort au-dessus de l'homme, que je
croyais faire un songe. A la lueur de la petite
lanterne que tenait le religieux, j'entrevoyais sa
barbe et ses cheveux tout trempés d'eau; ses
pieds, ses mains et son visage étaient ensanglan-
tés par les ronces. « Vieillard, m'écriai-je enfin,
« quel cœur as-tu donc, toi qui n'as pas craint
« d'être frappé de la foudre ? » « Craindre ! repar-
« tit le père avec une sorte de chaleur ; craindre,
« lorsqu'il y a des hommes en péril, et que je leur
« puis être utile ! je serais donc un bien indigne
« serviteur de Jésus-Christ ! » « Mais sais-tu, lui
« dis-je, que je ne suis pas chrétien ! » « Jeune
« homme, répondit l'ermite, vous ai-je demandé
« votre religion ? Jésus-Christ n'a pas dit : « Mon
« sang lavera celui-ci, et non celui-là. » Il est
« mort pour le juif et le gentil, et il n'a vu dans
« tous les hommes que des frères et des infortu-
« nés. Ce que je fais ici pour vous, est fort peu de
« chose, et vous trouveriez ailleurs bien d'autres
« secours ; mais la « gloire n'en doit point retom-
« ber sur les prêtres. Que sommes-nous, faibles
« Solitaires, sinon de grossiers instruments
« d'une œuvre céleste ? Eh ! que serait le soldat
« assez lâche pour reculer, lorsque son chef, la
« croix à la main, et le front couronné d'épines,
« marche devant lui au secours des hommes ? »

    « Ces paroles saisirent mon cœur ; des larmes
d'admiration et de tendresse tombèrent de mes
yeux. « Mes chers enfants, dit le missionnaire, je
« gouverne dans ces forêts un petit troupeau de
« vos frères sauvages. Ma grotte est assez près
« d'ici dans la montagne ; venez vous réchauffer
« chez moi ; vous n'y trouverez pas les commodi-
« tés de la vie, mais vous y aurez un abri ; et il
« faut encore en remercier la Bonté divine, car il
« y a bien des hommes qui en manquent. »

LES LABOUREURS

« Il y a des justes dont la conscience est si tranquille, qu'on ne peut approcher d'eux sans participer à la paix qui s'exhale, pour ainsi dire, de leur cœur et de leurs discours. A mesure que le Solitaire parlait, je sentais les passions s'apaiser dans mon sein, et l'orage même dans le ciel, semblait s'éloigner à sa voix. Les nuages furent bientôt assez dispersés pour nous permettre de quitter notre retraite. Nous sortîmes de la forêt, et nous commençâmes à gravir le revers d'une haute montagne. Le chien marchait devant nous, en portant au bout d'un bâton la lanterne éteinte. Je tenais la main d'Atala, et nous suivions le missionnaire. Il se détournait souvent pour nous regarder, contemplant avec pitié nos malheurs et notre jeunesse. Un livre était suspendu à son cou ; il s'appuyait sur un bâton blanc. Sa taille était élevée, sa figure pâle et maigre, sa physionomie simple et sincère. Il n'avait pas les traits morts et effacés de l'homme né sans passions ; on voyait que ses jours avaient été mauvais, et les rides de son front montraient les belles cicatrices des passions guéries par la vertu et par l'amour de Dieu et des hommes. Quand il nous parlait debout et immobile, sa longue barbe, ses yeux modestement baissés, le son affectueux de sa voix, tout en lui avait quelque chose de calme et de sublime. Quiconque a vu, comme moi, le P. Aubry cheminant seul avec son bâton et son bréviaire dans le désert, a une véritable idée du voyageur chrétien sur la terre.

« Après une demi-heure d'une marche dangereuse par les sentiers de la montagne, nous arrivâmes à la grotte du missionnaire. Nous y entrâmes à travers les lierres et les giraumonts humides, que la pluie avait abattus des rochers. Il n'y avait dans ce lieu qu'une natte de feuilles de papaya, une calebasse pour puiser de l'eau, quelques vases de bois, une bêche, un serpent familier, et sur une pierre qui servait de table, un crucifix et le livre des Chrétiens.

« L'homme des anciens jours se hâta d'allumer du feu avec des lianes sèches ; il brisa du maïs entre deux pierres, et en ayant fait un gâteau, il le mit cuire sous la cendre. Quand ce gâteau eut pris au feu une belle couleur dorée, il nous le servit tout brûlant, avec de la crème de noix dans un vase d'érable.

« Le soir ayant ramené la sérénité, le serviteur du grand Esprit nous proposa d'aller nous asseoir à l'entrée de la grotte. Nous le suivîmes dans ce lieu, qui commandait une vue immense. Les restes de l'orage étaient jetés en désordre vers l'orient ; les feux de l'incendie allumé dans les forêts par la foudre, brillaient encore dans le lointain ; au pied de la montagne un bois de pins tout entier était renversé dans la vase et le fleuve roulait pêle-mêle les argiles détrempées, les troncs des arbres, les corps des animaux et les poissons morts, dont on voyait le ventre argenté flotter à la surface des eaux.

« Ce fut au milieu de cette scène qu'Atala raconta notre histoire au vieux Génie de la montagne. Son cœur parut touché, et des larmes

tombèrent sur sa barbe : « Mon enfant, dit-il à
« Atala, il faut offrir vos souffrances à Dieu, pour
« la gloire de qui vous avez déjà fait tant de
« choses ; il vous rendra le repos. Voyez fumer ces
« forêts, sécher ces torrents, se dissiper ces
« nuages ; croyez-vous que celui qui peut calmer
« une pareille tempête, ne pourra pas apaiser les
« troubles du cœur de l'homme ? Si vous n'avez
« pas de meilleure retraite, ma chère fille, je vous
« offre une place au milieu du troupeau que j'ai
« eu le bonheur d'appeler à Jésus-Christ. J'ins-
« truirai Chactas, et je vous le donnerai pour
« époux quand il sera digne de l'être. »

    « A ces mots je tombai aux genoux du Soli-
taire, en versant des pleurs de joie ; mais Atala
devint pâle comme la mort. Le vieillard me
releva avec bénignité, et je m'aperçus alors qu'il
avait les deux mains mutilées. Atala comprit
sur-le-champ ses malheurs. « Les barbares ! »
s'écria-t-elle.

    « Ma fille, reprit le père avec un doux sourire,
« qu'est-ce que cela auprès de ce qu'a enduré
« mon divin Maître ? Si les Indiens idolâtres
« m'ont affligé, ce sont de pauvres aveugles que
« Dieu éclairera un jour. Je les chéris même
« davantage, en proportion des maux qu'ils
« m'ont faits. Je n'ai pu rester dans ma patrie où
« j'étais retourné, et où une illustre reine m'a fait
« l'honneur de vouloir contempler ces faibles
« marques de mon apostolat. Et quelle
« récompense plus glorieuse pouvais-je recevoir
« de mes travaux, que d'avoir obtenu du chef de
« notre religion la permission de célébrer le divin
« sacrifice avec ces mains mutilées ? Il ne me
« restait plus, après un tel honneur, qu'à tâcher
« de m'en rendre digne : je suis revenu au Nou-
« veau-Monde consumer le reste de ma vie au
« service de mon Dieu. Il y a bientôt trente ans

« que j'habite cette solitude, et il y en aura
« demain vingt-deux, que j'ai pris possession de
« ce rocher. Quand j'arrivai dans ces lieux, je n'y
« trouvai que des familles vagabondes, dont les
« mœurs étaient féroces et la vie fort misérable.
« Je leur ai fait entendre la parole de paix, et
« leurs mœurs se sont graduellement adoucies.
« Ils vivent maintenant rassemblés au bas de
« cette montagne. J'ai tâché, en leur enseignant
« les voies du salut, de leur apprendre les pre-
« miers arts de la vie, mais sans les porter trop
« loin, et en retenant ces honnêtes gens dans cette
« simplicité qui fait le bonheur. Pour moi, crai-
« gnant de les gêner par ma présence, je me suis
« retiré sous cette grotte, où ils viennent me
« consulter. C'est ici que loin des hommes,
« j'admire Dieu dans la grandeur de ces soli-
« tudes, et que je me prépare à la mort, que
« m'annoncent mes vieux jours. »

« En achevant ces mots, le Solitaire se mit à
genoux, et nous imitâmes son exemple. Il
commença à haute voix une prière, à laquelle
Atala répondait. De muets éclairs ouvraient
encore les cieux dans l'orient, et sur les nuages
du couchant, trois soleils brillaient ensemble.
Quelques renards dispersés par l'orage allon-
geaient leurs museaux noirs au bord des préci-
pices, et l'on entendait le frémissement des
plantes qui séchant à la brise du soir, relevaient
de toutes parts leurs tiges abattues.

« Nous rentrâmes dans la grotte, où l'ermite
étendit un lit de mousse de cyprès pour Atala.
Une profonde langueur se peignait dans les yeux
et dans les mouvements de cette vierge; elle
regardait le P. Aubry, comme si elle eût voulu lui
communiquer un secret; mais quelque chose
semblait la retenir, soit ma présence, soit une
certaine honte, soit l'inutilité de l'aveu. Je

l'entendis se lever au milieu de la nuit; elle cherchait le Solitaire, mais comme il lui avait donné sa couche, il était allé contempler la beauté du ciel et prier Dieu sur le sommet de la montagne. Il me dit le lendemain que c'était assez sa coutume, même pendant l'hiver, aimant à voir les forêts balancer leurs cimes dépouillées, les nuages voler dans les cieux, et à entendre les vents et les torrents gronder dans la solitude. Ma sœur fut donc obligée de retourner à sa couche, où elle s'assoupit. Hélas! comblé d'espérance, je ne vis dans la faiblesse d'Atala que des marques passagères de lassitude!

« Le lendemain je m'éveillai aux chants des cardinaux et des oiseaux moqueurs, nichés dans les acacias et les lauriers qui environnaient la grotte. J'allai cueillir une rose de magnolia, et je la déposai humectée des larmes du matin sur la tête d'Atala endormie. J'espérais, selon la religion de mon pays, que l'âme de quelque enfant mort à la mamelle, serait descendue sur cette fleur dans une goutte de rosée, et qu'un heureux songe la porterait au sein de ma future épouse. Je cherchai ensuite mon hôte; je le trouvai, la robe relevée dans ses deux poches, un chapelet à la main, et m'attendant assis sur le tronc d'un pin tombé de vieillesse. Il me proposa d'aller avec lui à la Mission, tandis qu'Atala reposait encore; j'acceptai son offre, et nous nous mîmes en route à l'instant.

« En descendant la montagne, j'aperçus des chênes où les Génies semblaient avoir dessiné des caractères étrangers. L'ermite me dit qu'il les avait tracés lui-même, que c'étaient des vers d'un ancien poëte appelé Homère, et quelques sentences d'un autre poëte plus ancien encore, nommé Salomon. Il y avait, je ne sais quelle mystérieuse harmonie entre cette sagesse des temps, ces vers rongés de mousse, ce vieux Solitaire qui les avait gravés, et ces vieux chênes qui lui servaient de livres.

« Son nom, son âge, la date de sa mission, étaient aussi marqués sur un roseau de savane, au pied de ces arbres. Je m'étonnai de la fragilité du dernier monument : « Il durera encore plus « que moi, me répondit le père, et aura toujours « plus de valeur que le peu de bien que j'ai fait. »

« De là, nous arrivâmes à l'entrée d'une vallée, où je vis un ouvrage merveilleux : c'était un pont naturel, semblable à celui de la Virginie, dont tu as peut-être entendu parler. Les hommes, mon fils, surtout ceux de ton pays, imitent souvent la nature, et leurs copies sont toujours petites; il n'en est pas ainsi de la nature, quand elle a l'air d'imiter les travaux des hommes, en leur offrant en effet des modèles. C'est alors qu'elle jette des ponts du sommet d'une montagne au sommet d'une autre montagne, suspend des chemins dans les nues, répand des fleuves pour canaux, sculpte des monts pour colonnes, et pour bassins creuse des mers.

« Nous passâmes sous l'arche unique de ce pont et nous nous trouvâmes devant une autre merveille : c'était le cimetière des Indiens de la Mission, ou *les Bocages de la mort*. Le P. Aubry avait permis à ses néophytes d'ensevelir leurs morts à leur manière et de conserver au lieu de leurs sépultures son nom sauvage; il avait seulement sanctifié ce lieu par une croix [1]. Le sol en était divisé, comme le champ commun des moissons, en autant de lots qu'il y avait de familles. Chaque lot faisait à lui seul un bois qui variait

---

1. Le P. Aubry avait fait comme les Jésuites à la Chine, qui permettaient aux Chinois d'enterrer leurs parents dans leurs jardins, selon leur ancienne coutume. (*Note de Chateaubriand.*)

selon le goût de ceux qui l'avaient planté. Un ruisseau serpentait sans bruit au milieu de ces bocages ; on l'appelait *le Ruisseau de la paix*. Ce riant asile des âmes était fermé à l'orient par le pont sous lequel nous avions passé ; deux collines le bornaient au septentrion et au midi ; il ne s'ouvrait qu'à l'occident, où s'élevait un grand bois de sapins. Les troncs de ces arbres, rouges marbrés de vert, montant sans branches jusqu'à leurs cimes, ressemblaient à de hautes colonnes, et formaient le péristyle de ce temple de la mort ; il y régnait un bruit religieux, semblable au sourd mugissement de l'orgue sous les voûtes d'une église ; mais lorsqu'on pénétrait au fond du sanctuaire, on n'entendait plus que les hymnes des oiseaux qui célébraient à la mémoire des morts une fête éternelle.

« En sortant de ce bois, nous découvrîmes le village de la Mission, situé au bord d'un lac, au milieu d'une savane semée de fleurs. On y arrivait par une avenue de magnolias et de chênes verts, qui bordaient une de ces anciennes routes, que l'on trouve vers les montagnes qui divisent le Kentucky des Florides. Aussitôt que les Indiens aperçurent leur pasteur dans la plaine, ils abandonnèrent leurs travaux et accoururent au-devant de lui. Les uns baisaient sa robe, les autres aidaient ses pas ; les mères élevaient dans leurs bras leurs petits enfants, pour leur faire voir l'homme de Jésus-Christ, qui répandait des larmes. Il s'informait, en marchant, de ce qui se passait au village ; il donnait un conseil à celui-ci, réprimandait doucement celui-là, il parlait des moissons à recueillir, des enfants à instruire, des peines à consoler, et il mêlait Dieu à tous ses discours.

« Ainsi escortés, nous arrivâmes au pied d'une grande croix qui se trouvait sur le chemin. C'était

là que le serviteur de Dieu avait accoutumé de
célébrer les mystères de sa religion : « Mes chers
« néophytes, dit-il en se tournant vers la foule, il
« vous est arrivé un frère et une sœur ; et pour
« surcroît de bonheur, je vois que la divine Pro-
« vidence a épargné hier vos moissons : voilà
« deux grandes raisons de la remercier. Offrons
« donc le saint sacrifice, et que chacun y apporte
« un recueillement profond, une foi vive, une
« reconnaissance infinie et un cœur humilié. »

« Aussitôt le prêtre divin revêt une tunique
blanche d'écorce de mûriers ; les vases sacrés
sont tirés d'un tabernacle au pied de la croix,
l'autel se prépare sur un quartier de roche, l'eau
se puise dans le torrent voisin, et une grappe de
raisin sauvage fournit le vin du sacrifice. Nous
nous mettons tous à genoux dans les hautes
herbes ; le mystère commence.

« L'aurore paraissant derrière les montagnes
enflammait l'orient. Tout était d'or ou de rose
dans la solitude. L'astre annoncé par tant de
splendeur, sortit enfin d'un abîme de lumière, et
son premier rayon rencontra l'hostie consacrée,
que le prêtre, en ce moment même, élevait dans
les airs. O charme de la religion ! O magnificence
du culte chrétien ! Pour sacrificateur un vieil
ermite, pour autel un rocher, pour église le
désert, pour assistance d'innocents Sauvages !
Non, je ne doute point qu'au moment où nous
nous prosternâmes, le grand mystère ne
s'accomplît et que Dieu ne descendît sur la terre,
car je le sentis descendre dans mon cœur.

« Après le sacrifice, où il ne manqua pour moi
que la fille de Lopez, nous nous rendîmes au
village. Là, régnait le mélange le plus touchant
de la vie sociale et de la vie de la nature : au coin
d'une cyprière de l'antique désert, on découvrait
une culture naissante ; les épis roulaient à flots

d'or sur le tronc du chêne abattu, et la gerbe d'un été remplaçait l'arbre de trois siècles. Partout on voyait les forêts livrées aux flammes pousser de grosses fumées dans les airs, et la charrue se promener lentement entre les débris de leurs racines. Des arpenteurs avec de longues chaînes allaient mesurant le terrain ; des arbitres établissaient les premières propriétés ; l'oiseau cédait son nid ; le repaire de la bête féroce se changeait en une cabane ; on entendait gronder des forges, et les coups de la cognée faisaient, pour la dernière fois, mugir des échos expirant eux-mêmes avec les arbres qui leur servaient d'asile.

« J'errais avec ravissement au milieu de ces tableaux, rendus plus doux par l'image d'Atala et par les rêves de félicité dont je berçais mon cœur. J'admirais le triomphe du Christianisme sur la vie sauvage ; je voyais l'Indien se civilisant à la voix de la religion ; j'assistais aux noces primitives de l'Homme et de la Terre : l'homme, par ce grand contrat, abandonnant à la terre l'héritage de ses sueurs, et la terre s'engageant, en retour, à porter fidèlement les moissons, les fils et les cendres de l'homme.

« Cependant on présenta un enfant au missionnaire, qui le baptisa parmi des jasmins en fleurs, au bord d'une source, tandis qu'un cercueil, au milieu des jeux et des travaux, se rendait aux Bocages de la mort. Deux époux reçurent la bénédiction nuptiale sous un chêne, et nous allâmes ensuite les établir dans un coin du désert. Le pasteur marchait devant nous, bénissant çà et là, et le rocher, et l'arbre, et la fontaine, comme autrefois, selon le livre des Chrétiens, Dieu bénit la terre inculte en la donnant en héritage à Adam. Cette procession, qui pêle-mêle avec ses troupeaux suivait de rocher en rocher son chef vénérable, représentait à mon cœur attendri ces migrations des premières familles, alors que Sem, avec ses enfants, s'avançait à travers le monde inconnu, en suivant le soleil, qui marchait devant lui.

« Je voulus savoir du saint ermite comment il gouvernait ses enfants ; il me répondit avec une grande complaisance : « Je ne leur ai donné « aucune loi ; je leur ai seulement enseigné à « s'aimer, à prier Dieu, et à espérer une meilleure « vie : toutes les lois du monde sont là-dedans. « Vous voyez au milieu du village une cabane « plus grande que les autres : elle sert de chapelle « dans la saison des pluies. On s'y assemble soir « et matin pour louer le Seigneur, et quand je « suis absent, c'est un vieillard qui fait la prière ; « car la vieillesse est, comme la maternité, une « espèce de sacerdoce. Ensuite, on va travailler « dans les champs, et si les propriétés sont divi- « sées, afin que chacun puisse apprendre l'écono- « mie sociale, les moissons sont déposées dans « des greniers communs, pour maintenir la cha- « rité fraternelle. Quatre vieillards distribuent « avec égalité le produit du labeur. Ajoutez à cela « des cérémonies religieuses, beaucoup de can- « tiques, la croix où j'ai célébré les mystères, « l'ormeau sous lequel je prêche dans les bons « jours, nos tombeaux tout près de nos champs « de blé, nos fleuves où je plonge les petits « enfants et les saint Jean de cette nouvelle « Béthanie, vous aurez une idée complète de ce « royaume de Jésus-Christ. »

« Les paroles du Solitaire me ravirent, et je sentis la supériorité de cette vie stable et occupée, sur la vie errante et oisive du Sauvage.

« Ah ! René, je ne murmure point contre la Providence, mais j'avoue que je ne me rappelle jamais cette société évangélique sans éprouver l'amertume des regrets. Qu'une hutte, avec Atala sur ces bords, eût rendu ma vie heureuse! Là finissaient toutes mes courses; là, avec une épouse, inconnu des hommes, cachant mon bonheur au fond des forêts, j'aurais passé comme ces fleuves, qui n'ont pas même un nom dans le désert. Au lieu de cette paix que j'osais alors me promettre, dans quel trouble n'ai-je point coulé mes jours! Jouet continuel de la fortune, brisé sur tous les rivages, longtemps exilé de mon pays, et n'y trouvant, à mon retour, qu'une cabane et des amis dans la tombe : telle devait être la destinée de Chactas. »

LE DRAME

« Si mon songe de bonheur fut vif, il fut aussi
d'une courte durée, et le réveil m'attendait à la
grotte du Solitaire. Je fus surpris, en y arrivant
au milieu du jour, de ne pas voir Atala accourir
au-devant de nos pas. Je ne sais quelle soudaine
horreur me saisit. En approchant de la grotte,
je n'osais appeler la fille de Lopez : mon imagination était également épouvantée, ou du bruit,
ou du silence qui succéderait à mes cris. Encore
plus effrayé de la nuit qui régnait à l'entrée du
rocher, je dis au missionnaire : « O vous, que le
« ciel accompagne et fortifie, pénétrez dans ces
« ombres. »

« Qu'il est faible celui que les passions
dominent ! Qu'il est fort celui qui se repose en
Dieu ! Il y avait plus de courage dans ce cœur
religieux, flétri par soixante-seize années, que
dans toute l'ardeur de ma jeunesse. L'homme
de paix entra dans la grotte, et je restai au-
dehors plein de terreur. Bientôt un faible murmure, semblable à des plaintes, sortit du fond
du rocher, et vint frapper mon oreille. Poussant
un cri, et retrouvant mes forces, je m'élançai
dans la nuit de la caverne... Esprits de mes
pères ! vous savez seuls le spectacle qui frappa
mes yeux !

« Le Solitaire avait allumé un flambeau de
pin; il le tenait d'une main tremblante, au-
dessus de la couche d'Atala. Cette belle et jeune
femme, à moitié soulevée sur le coude, se montrait pâle et échevelée. Les gouttes d'une sueur
pénible brillaient sur son front; ses regards à
demi éteints cherchaient encore à m'exprimer
son amour, et sa bouche essayait de sourire.
Frappé comme d'un coup de foudre, les yeux
fixés, les bras étendus, les lèvres entr'ouvertes,
je demeurai immobile. Un profond silence
règne un moment parmi les trois personnages
de cette scène de douleur. Le Solitaire le rompt
le premier : « Ceci, dit-il, ne sera qu'une fièvre
« occasionnée par la fatigue, et si nous nous
« résignons à la volonté de Dieu, il aura pitié de
« nous. »

« A ces paroles, le sang suspendu reprit son
cours dans mon cœur, et avec la mobilité du
Sauvage, je passai subitement de l'excès de la
crainte à l'excès de la confiance. Mais Atala ne
m'y laissa pas longtemps. Balançant tristement
la tête, elle nous fit signe de nous approcher de
sa couche.

« Mon père, dit-elle d'une voix affaiblie, en
« s'adressant au religieux, je touche au moment
« de la mort. O Chactas! écoute sans désespoir
« le funeste secret que je t'ai caché, pour ne pas
« te rendre trop misérable, et pour obéir à ma
« mère. Tâche de ne pas m'interrompre par des
« marques d'une douleur, qui précipiterait le
« peu d'instants que j'ai à vivre. J'ai beaucoup
« de choses à raconter, et aux battements de ce
« cœur, qui se ralentissent... à je ne sais quel
« fardeau glacé que mon sein soulève à peine...
« je sens que je ne me saurais trop hâter. »

« Après quelques moments de silence, Atala
poursuivit ainsi :

« Ma triste destinée a commencé presque
« avant que j'eusse vu la lumière. Ma mère
« m'avait conçue dans le malheur ; je fatiguais
« son sein, et elle me mit au monde avec de
« grands déchirements d'entrailles : on déses-
« péra de ma vie. Pour sauver mes jours, ma
« mère fit un vœu : elle promit à la Reine des
« Anges que je lui consacrerais ma virginité, si
« j'échappais à la mort... Vœu fatal qui me
« précipite au tombeau ! »

« J'entrais dans ma seizième année, lorsque
« je perdis ma mère. Quelques heures avant de
« mourir, elle m'appela au bord de sa couche.
« Ma fille, me dit-elle en présence d'un mission-
« naire qui consolait ses derniers instants ; ma
« fille, tu sais le vœu que j'ai fait pour toi.
« Voudrais-tu démentir ta mère ? O mon Atala !
« je te laisse dans un monde, qui n'est pas digne
« de posséder une chrétienne, au milieu d'ido-
« lâtres qui persécutent le Dieu de ton père et le
« mien, le Dieu qui, après t'avoir donné le jour,
« te l'a conservé par un miracle. Eh ! ma chère
« enfant, en acceptant le voile des vierges, tu ne
« fais que renoncer aux soucis de la cabane et
« aux funestes passions qui ont troublé le sein
« de ta mère ! Viens donc, ma bien-aimée,
« viens ; jure sur cette image de la mère du
« Sauveur, entre les mains de ce saint prêtre et
« de ta mère expirante, que tu ne me trahiras
« point à la face du ciel. Songe que je me suis
« engagée pour toi, afin de te sauver la vie, et
« que si tu ne tiens ma promesse, tu plongeras
« l'âme de ta mère dans des tourments éter-
« nels. »

« O ma mère ! pourquoi parlâtes-vous ainsi !
« O Religion qui fais à la fois mes maux et ma
« félicité, qui me perds et qui me consoles ! Et
« toi, cher et triste objet d'une passion qui me

« consume jusque dans les bras de la mort, tu
« vois maintenant, ô Chactas, ce qui a fait la
« rigueur de notre destinée !... Fondant en
« pleurs et me précipitant dans le sein mater-
« nel, je promis tout ce qu'on me voulut faire
« promettre. Le missionnaire prononça sur moi
« les paroles redoutables, et me donna le scapu-
« laire qui me lie pour jamais. Ma mère me
« menaça de sa malédiction, si jamais je rom-
« pais mes vœux, et après m'avoir recommandé
« un secret inviolable envers les païens, persé-
« cuteurs de ma religion, elle expira, en me
« tenant embrassée. »

« Je ne connus pas d'abord le danger de mes
« serments. Pleine d'ardeur, et chrétienne véri-
« table, fière du sang espagnol qui coule dans
« mes veines, je n'aperçus autour de moi que
« des hommes indignes de recevoir ma main ; je
« m'applaudis de n'avoir d'autre époux que le
« Dieu de ma mère. Je te vis, jeune et beau
« prisonnier, je m'attendris sur ton sort, je
« t'osai parler au bûcher de la forêt ; alors je
« sentis tout le poids de mes vœux. »

« Comme Atala achevait de prononcer ces
paroles, serrant les poings, et regardant le missionnaire d'un air menaçant, je m'écriai : « La
« voilà donc cette religion que vous m'avez tant
« vantée ! Périsse le serment qui m'enlève
« Atala ! Périsse le Dieu qui contrarie la nature !
« Homme, prêtre, qu'es-tu venu faire dans ces
« forêts ? »

« Te sauver, dit le vieillard d'une voix ter-
« rible, dompter tes passions et t'empêcher,
« blasphémateur, d'attirer sur toi la colère
« céleste ! Il te sied bien, jeune homme, à peine
« entré dans la vie, de te plaindre de tes dou-
« leurs ! Où sont les marques de tes souf-
« frances ? Où sont les injustices que tu as sup-

« portées ? Où sont tes vertus, qui seules
« pourraient te donner quelques droits à la
« plainte ? Quel service as-tu rendu ? Quel bien
« as-tu fait ? Eh ! malheureux, tu ne m'offres
« que des passions, et tu oses accuser le ciel !
« Quand tu auras, comme le P. Aubry, passé
« trente années exilé sur les montagnes, tu
« seras moins prompt à juger des desseins de la
« Providence ; tu comprendras alors que tu ne
« sais rien, que tu n'es rien, et qu'il n'y a point
« de châtiment si rigoureux, point de maux si
« terribles, que la chair corrompue ne mérite de
« souffrir. »

« Les éclairs qui sortaient des yeux du vieillard, sa barbe qui frappait sa poitrine, ses
paroles foudroyantes le rendaient semblable à
un Dieu. Accablé de sa majesté, je tombai à ses
genoux, et lui demandai pardon de mes emportements. « Mon fils, me répondit-il avec un
« accent si doux, que le remords entra dans
« mon âme, mon fils, ce n'est pas pour moi-
« même que je vous ai réprimandé. Hélas ! vous
« avez raison, mon cher enfant : je suis venu
« faire bien peu de chose dans ces forêts, et Dieu
« n'a pas de serviteur plus indigne que moi.
« Mais, mon fils, le ciel, le ciel, voilà ce qu'il ne
« faut jamais accuser ! Pardonnez-moi si je vous
« ai offensé, mais écoutons votre sœur. Il y a
« peut-être du remède, ne nous lassons point
« d'espérer. Chactas, c'est une religion bien
« divine que celle-là, qui a fait une vertu de
« l'espérance ! »

« Mon jeune ami, reprit Atala, tu as été
« témoin de mes combats, et cependant tu n'en
« as vu que la moindre partie ; je te cachais le
« reste. Non, l'esclave noir qui arrose de ses
« sueurs les sables ardents de la Floride, est
« moins misérable que n'a été Atala. Te sollici-

« tant à la fuite, et pourtant certaine de mourir
« si tu t'éloignais de moi ; craignant de fuir avec
« toi dans les déserts, et cependant haletant
« après l'ombrage des bois... Ah ! s'il n'avait
« fallu que quitter parents, amis, patrie ; si
« même (chose affreuse) il n'y eût eu que la
« perte de mon âme ! Mais ton ombre, ô ma
« mère, ton ombre était toujours là, me repro-
« chant ses tourments ! J'entendais tes plaintes,
« je voyais les flammes de l'enfer te consumer.
« Mes nuits étaient arides et pleines de fan-
« tômes, mes jours étaient désolés ; la rosée du
« soir séchait en tombant sur ma peau brû-
« lante ; j'entr'ouvrais mes lèvres aux brises, et
« les brises, loin de m'apporter la fraîcheur,
« s'embrasaient du feu de mon souffle. Quel
« tourment de te voir sans cesse auprès de moi,
« loin de tous les hommes, dans de profondes
« solitudes, et de sentir entre toi et moi une
« barrière invincible ! Passer ma vie à tes pieds,
« te servir comme ton esclave, apprêter ton
« repas et ta couche dans quelque coin ignoré
« de l'univers, eût été pour moi le bonheur
« suprême ; ce bonheur, j'y touchais, et je ne
« pouvais en jouir. Quel dessein n'ai-je point
« rêvé ! Quel songe n'est point sorti de ce cœur
« si triste ! Quelquefois en attachant mes yeux
« sur toi, j'allais jusqu'à former des désirs aussi
« insensés que coupables : tantôt j'aurais voulu
« être avec toi la seule créature vivante sur la
« terre ; tantôt, sentant une divinité qui m'arrê-
« tait dans mes horribles transports, j'aurais
« désiré que cette divinité se fût anéantie,
« pourvu que serrée dans tes bras, j'eusse roulé
« d'abîme en abîme avec les débris de Dieu et
« du monde ! A présent même... le dirai-je ? à
« présent que l'éternité va m'engloutir, que je
« vais paraître devant le Juge inexorable, au

« moment où, pour obéir à ma mère, je vois
« avec joie ma virginité dévorer ma vie ; eh
« bien ! par une affreuse contradiction,
« j'emporte le regret de n'avoir pas été à toi ! »

« Ma fille, interrompit le missionnaire, votre
« douleur vous égare. Cet excès de passion
« auquel vous vous livrez, est rarement juste, il
« n'est pas même dans la nature ; et en cela il
« est moins coupable aux yeux de Dieu, parce
« que c'est plutôt quelque chose de faux dans
« l'esprit, que de vicieux dans le cœur. Il faut
« donc éloigner de vous ces emportements, qui
« ne sont pas dignes de votre innocence. Mais
« aussi, ma chère enfant, votre imagination
« impétueuse vous a trop alarmée sur vos
« vœux. La religion n'exige point de sacrifice
« plus qu'humain. Ses sentiments vrais, ses
« vertus tempérées sont bien au-dessus des sen-
« timents exaltés et des vertus forcées d'un pré-
« tendu héroïsme. Si vous aviez succombé, eh
« bien ! pauvre brebis égarée, le bon Pasteur
« vous aurait cherchée, pour vous ramener au
« troupeau. Les trésors du repentir vous étaient
« ouverts : il faut des torrents de sang pour
« effacer nos fautes aux yeux des hommes, une
« seule larme suffit à Dieu. Rassurez-vous
« donc, ma chère fille, votre situation exige du
« calme ; adressons-nous à Dieu, qui guérit
« toutes les plaies de ses serviteurs. Si c'est sa
« volonté, comme je l'espère, que vous échap-
« piez à cette maladie, j'écrirai à l'évêque de
« Québec ; il a les pouvoirs nécessaires pour
« vous relever de vos vœux, qui ne sont que des
« vœux simples, et vous achèverez vos jours
« près de moi avec Chactas votre époux. »

« A ces paroles du vieillard, Atala fut saisie
d'une longue convulsion, dont elle ne sortit que
pour donner des marques d'une douleur

effrayante. « Quoi ! dit-elle en joignant les deux
« mains avec passion, il y avait du remède ! Je
« pouvais être relevée de mes vœux ! » « Oui,
« ma fille, répondit le père ; et vous le pouvez
« encore. » « Il est trop tard, il est trop tard,
« s'écria-t-elle ! Faut-il mourir, au moment où
« j'apprends que j'aurais pu être heureuse ! Que
« n'ai-je connu plus tôt ce saint vieillard !
« Aujourd'hui, de quel bonheur je jouirais, avec
« toi, avec Chactas chrétien... consolée, rassu-
« rée par ce prêtre auguste... dans ce désert...
« pour toujours... oh ! c'eût été trop de féli-
« cité ! » Calme-toi, lui dis-je, en saisissant une
« des mains de l'infortunée ; calme-toi, ce bon-
« heur, nous allons le goûter. » « Jamais !
« jamais ! dit Atala. » « Comment, repartis-
« je ? » « Tu ne sais pas tout, s'écria la vierge :
« c'est hier... pendant l'orage... J'allais violer
« mes vœux ; j'allais plonger ma mère dans les
« flammes de l'abîme ; déjà sa malédiction était
« sur moi ; déjà je mentais au Dieu qui m'a
« sauvé la vie... Quand tu baisais mes lèvres
« tremblantes, tu ne savais pas, tu ne savais pas
« que tu n'embrassais que la mort ! » « O ciel !
« s'écria le missionnaire, chère enfant, qu'avez-
« vous fait ? » « Un crime, mon père, dit Atala
« les yeux égarés ; mais je ne perdais que moi, et
« je sauvais ma mère. » « Achève donc,
« m'écriai-je plein d'épouvante. » « Eh bien !
« dit-elle, j'avais prévu ma faiblesse ; en quit-
« tant les cabanes, j'ai emporté avec moi... »
« « Quoi, repris-je avec horreur ? » « Un poison,
« dit le père ! » « Il est dans mon sein, s'écria
« Atala. »

   « Le flambeau échappe de la main du Solitaire, je tombe mourant près de la fille de
Lopez, le vieillard nous saisit l'un et l'autre
dans ses bras, et tous trois, dans l'ombre, nous

mêlons un moment nos sanglots sur cette couche funèbre.

« Réveillons-nous, réveillons-nous », dit bientôt le courageux ermite en allumant une lampe ! « Nous perdons des moments précieux : « intrépides chrétiens, bravons les assauts de « l'adversité ; la corde au cou, la cendre sur la « tête, jetons-nous aux pieds du Très-Haut, « pour implorer sa clémence, ou pour nous « soumettre à ses décrets. Peut-être est-il temps « encore. Ma fille, vous eussiez dû m'avertir « hier au soir. »

« Hélas ! mon père, dit Atala, je vous ai cher- « ché la nuit dernière ; mais le ciel, en punition « de mes fautes, vous a éloigné de moi. Tout « secours eût d'ailleurs été inutile ; car les « Indiens mêmes, si habiles dans ce qui regarde « les poisons, ne connaissent point de remède à « celui que j'ai pris. O Chactas, juge de mon « étonnement, quand j'ai vu que le coup n'était « pas aussi subit que je m'y attendais ! Mon « amour a redoublé mes forces, mon âme n'a pu « si vite se séparer de toi. »

« Ce ne fut plus ici par des sanglots que je troublai le récit d'Atala, ce fut par ces emporte-ments qui ne sont connus que des Sauvages. Je me roulai furieux sur la terre en me tordant les bras, et en me dévorant les mains. Le vieux prêtre, avec une tendresse merveilleuse, cou-rait du frère à la sœur, et nous prodiguait mille secours. Dans le calme de son cœur et sous le fardeau des ans, il savait se faire entendre à notre jeunesse, et sa religion lui fournissait des accents plus tendres et plus brûlants que nos passions mêmes. Ce prêtre, qui depuis quarante années s'immolait chaque jour au service de Dieu et des hommes dans ces montagnes, ne te rappelle-t-il pas ces holocaustes d'Israël,

fumant perpétuellement sur les hauts lieux,
devant le Seigneur?

« Hélas! ce fut en vain qu'il essaya d'apporter
quelque remède aux maux d'Atala. La fatigue,
le chagrin, le poison et une passion plus mor-
telle que tous les poisons ensemble, se réunis-
saient pour ravir cette fleur à la solitude. Vers
le soir, des symptômes effrayants se manifes-
tèrent; un engourdissement général saisit les
membres d'Atala, et les extrémités de son corps
commencèrent à refroidir : « Touche mes
« doigts, me disait-elle, ne les trouves-tu pas
« bien glacés? » Je ne savais que répondre, et
mes cheveux se hérissaient d'horreur; ensuite
elle ajoutait : « Hier encore, mon bien-aimé,
« ton seul toucher me faisait tressaillir, et voilà
« que je ne sens plus ta main, je n'entends
« presque plus ta voix, les objets de la grotte
« disparaissent tour à tour. Ne sont-ce pas les
« oiseaux qui chantent? Le soleil doit être près
« de se coucher maintenant? Chactas, ses
« rayons seront bien beaux au désert, sur ma
« tombe! »

« Atala s'apercevant que ces paroles nous faisaient fondre en pleurs, nous dit : « Pardonnez-
« moi, mes bons amis, je suis bien faible; mais
« peut-être que je vais devenir plus forte.
« Cependant mourir si jeune, tout à la fois,
« quand mon cœur était si plein de vie! Chef de
« la prière, aie pitié de moi; soutiens-moi.
« Crois-tu que ma mère soit contente, et que
« Dieu me pardonne ce que j'ai fait? »

« Ma fille, répondit le bon religieux, en ver-
« sant des larmes, et les essuyant avec ses
« doigts tremblants et mutilés; ma fille, tous
« vos malheurs viennent de votre ignorance;
« c'est votre éducation sauvage et le manque
« d'instruction nécessaire qui vous ont perdue;

« vous ne saviez pas qu'une chrétienne ne peut
« disposer de sa vie. Consolez-vous donc, ma
« chère brebis; Dieu vous pardonnera, à cause
« de la simplicité de votre cœur. Votre mère et
« l'imprudent missionnaire qui la dirigeait, ont
« été plus coupables que vous; ils ont passé
« leurs pouvoirs, en vous arrachant un vœu
« indiscret; mais que la paix du Seigneur soit
« avec eux. Vous offrez tous trois un terrible
« exemple des dangers de l'enthousiasme, et du
« défaut de lumières en matière de religion.
« Rassurez-vous, mon enfant; celui qui sonde
« les reins et les cœurs, vous jugera sur vos
« intentions, qui étaient pures, et non sur votre
« action, qui est condamnable.

   « Quant à la vie, si le moment est arrivé de
« vous endormir dans le Seigneur, ah! ma
« chère enfant, que vous perdez peu de chose,
« en perdant ce monde! Malgré la solitude où
« vous avez vécu, vous avez connu les chagrins;
« que penseriez-vous donc, si vous eussiez été
« témoin des maux de la société, si en abordant
« sur les rivages de l'Europe, votre oreille eût
« été frappée de ce long cri de douleur, qui
« s'élève de cette vieille terre? L'habitant de la
« cabane, et celui des palais, tout souffre, tout
« gémit ici-bas; les reines ont été vues pleurant,
« comme de simples femmes, et l'on s'est
« étonné de la quantité de larmes que
« contiennent les yeux des rois!

   « Est-ce votre amour que vous regrettez? Ma
« fille, il faudrait autant pleurer un songe.
« Connaissez-vous le cœur de l'homme, et pour-
« riez-vous compter les inconstances de son
« désir? Vous calculeriez plutôt le nombre des
« vagues que la mer roule dans une tempête.
« Atala, les sacrifices, les bienfaits ne sont pas
« des liens éternels : un jour, peut-être, le

« dégoût fût venu avec la satiété, le passé eût
« été compté pour rien, et l'on n'eût plus aperçu
« que les inconvénients d'une union pauvre et
« méprisée. Sans doute, ma fille, les plus belles
« amours furent celles de cet homme et de cette
« femme sortis de la main du Créateur. Un
« paradis avait été formé pour eux, ils étaient
« innocents et immortels. Parfaits de l'âme et
« du corps, ils se convenaient en tout : Ève
« avait été créée pour Adam, et « Adam pour
« Ève. S'ils n'ont pu toutefois se maintenir dans
« cet état de bonheur, quels couples le pourront
« après eux ? Je ne vous parlerai point des
« mariages des premiers-nés des hommes, de
« ces unions ineffables, alors que la sœur était
« l'épouse du frère, que l'amour et l'amitié fra-
« ternelle se confondaient dans le même cœur,
« et que la pureté de l'une augmentait les
« délices de l'autre. Toutes ces unions ont été
« troublées ; la jalousie s'est glissée à l'autel de
« gazon où l'on immolait le chevreau, elle a
« régné sous la tente d'Abraham, et dans ces
« couches mêmes où les patriarches goûtaient
« tant de joie, qu'ils oubliaient la mort de leurs
« mères.

« Vous seriez-vous donc flattée, mon enfant,
« d'être plus innocente et plus heureuse dans
« vos liens, que ces saintes familles dont Jésus-
« Christ a voulu descendre ? Je vous épargne les
« détails des soucis du ménage, les disputes, les
« reproches mutuels, les inquiétudes et toutes
« ces peines secrètes qui veillent sur l'oreiller
« du lit conjugal. La femme renouvelle ses dou-
« leurs chaque fois qu'elle est mère, et elle se
« marie en pleurant. Que de maux dans la seule
« perte d'un nouveau-né à qui l'on donnait le
« lait, et qui meurt sur votre sein ! La montagne
« a été pleine de gémissements ; rien ne pouvait

« consoler Rachel, parce que ses fils n'étaient
« plus. Ces amertumes attachées aux ten-
« dresses humaines sont si fortes, que j'ai vu
« dans ma patrie de grandes dames aimées par
« des rois, quitter la cour pour s'ensevelir dans
« des cloîtres, et mutiler cette chair révoltée,
« dont les plaisirs ne sont que des douleurs.

« Mais peut-être direz-vous que ces derniers
« exemples ne vous regardent pas ; que votre
« ambition se réduisait à vivre dans une obs-
« cure cabane avec l'homme de votre choix ;
« que vous cherchiez moins les douceurs du
« mariage, que les charmes de cette folie que la
« jeunesse appelle amour ? Illusion, chimère,
« vanité, rêve d'une imagination blessée ! Et
« moi aussi, ma fille, j'ai connu les troubles du
« cœur : cette tête n'a pas toujours été chauve,
« ni ce sein aussi tranquille qu'il vous le paraît
« aujourd'hui. Croyez-en « mon expérience : si
« l'homme, constant dans ses affections, pou-
« vait sans cesse fournir à un sentiment renou-
« velé sans cesse, sans doute la solitude et
« l'amour l'égaleraient à Dieu même ; car ce
« sont là les deux éternels plaisirs du grand
« Être. Mais l'âme de l'homme se fatigue, et
« jamais elle n'aime longtemps le même objet
« avec plénitude. Il y a toujours quelques points
« par où deux cœurs ne se touchent pas, et ces
« points suffisent à la longue pour rendre la vie
« insupportable.

« Enfin, ma chère fille, le grand tort des
« hommes, dans leur songe de bonheur, est
« d'oublier cette infirmité de la mort attachée à
« leur nature : il faut finir. Tôt ou tard, quelle
« qu'eût été votre félicité, ce beau visage se fût
« changé en cette figure uniforme que le
« sépulcre donne à la famille d'Adam ; l'œil
« même de Chactas n'aurait pu vous

« reconnaître entre vos sœurs de la tombe.
« L'amour n'étend point son empire sur les vers
« du cercueil. Que dit-je ? (ô vanité des vanités !)
« Que parlé-je de la puissance des amitiés de la
« terre ? Voulez-vous, ma chère fille, en
« connaître l'étendue ? Si un homme revenait à
« la lumière, quelques années après sa mort, je
« doute qu'il fût revu avec joie, par ceux-là
« même qui ont donné le plus de larmes à sa
« mémoire : tant on forme vite d'autres liai-
« sons, tant on prend facilement d'autres habi-
« tudes, tant l'inconstance est naturelle à
« l'homme, tant notre vie est peu de chose
« même dans le cœur de nos amis !

« Remerciez donc la Bonté divine, ma chère
« fille, qui vous retire si vite de cette vallée de
« misère. Déjà le vêtement blanc et la couronne
« éclatante des vierges se préparent pour vous
« sur les nuées ; déjà j'entends la Reine des
« Anges qui vous crie : « Venez, ma digne ser-
« vante, venez, ma colombe, venez vous asseoir
« sur un trône de candeur, parmi toutes ces
« filles qui ont sacrifié leur beauté et leur jeu-
« nesse au service de l'humanité, à l'éducation
« des enfants et aux chefs-d'œuvre de la péni-
« tence. Venez, rose mystique, vous reposer sur
« le sein de Jésus-Christ. Ce cercueil, lit nuptial
« que vous vous êtes choisi, ne sera point
« trompé ; et les embrassements de votre
« céleste époux ne finiront jamais ! »

« Comme le dernier rayon du jour abat les
vents et répand le calme dans le ciel, ainsi la
parole tranquille du vieillard apaisa les passions dans le sein de mon amante. Elle ne parut
plus occupée que de ma douleur, et des moyens
de me faire supporter sa perte. Tantôt elle me
disait qu'elle mourrait heureuse, si je lui pro-
mettais de sécher mes pleurs ; tantôt elle me

parlait de ma mère, de ma patrie ; elle cherchait à me distraire de la douleur présente, en
réveillant en moi une douleur passée. Elle
m'exhortait à la patience, à la vertu. « Tu ne
« seras pas toujours malheureux, disait-elle : si
« le ciel t'éprouve aujourd'hui, c'est seulement
« pour te rendre plus compatissant aux maux
« des autres. Le cœur, ô Chactas, est comme ces
« sortes d'arbres qui ne donnent leur baume
« pour les blessures des hommes que lorsque le
« fer les a blessés eux-mêmes. »

« Quand elle avait ainsi parlé, elle se tournait
vers le missionnaire, cherchait auprès de lui le
soulagement qu'elle m'avait fait éprouver, et
tour à tour consolante et consolée, elle donnait
et recevait la parole de vie sur la couche de la
mort.

« Cependant l'ermite redoublait de zèle. Ses
vieux os s'étaient ranimés par l'ardeur de la
charité, et toujours préparant des remèdes, ral-
lumant le feu, rafraîchissant la couche, il faisait d'admirables discours sur Dieu et sur le
bonheur des justes. Le flambeau de la religion à
la main, il semblait précéder Atala dans la
tombe, pour lui en montrer les secrètes merveilles. L'humble grotte était remplie de la
grandeur de ce trépas chrétien, et les esprits
célestes étaient, sans doute, attentifs à cette
scène où la religion luttait seule contre
l'amour, la jeunesse et la mort.

« Elle triomphait, cette religion divine, et
l'on s'apercevait de sa victoire à une sainte
tristesse qui succédait dans nos cœurs aux premiers transports des passions. Vers le milieu de
la nuit, Atala sembla se ranimer pour répéter
des prières que le religieux prononçait au bord
de sa couche. Peu de temps après, elle me tendit
la main, et avec une voix qu'on entendait à
peine, elle me dit :

« Fils d'Outalissi, te rappelles-tu cette pre-
« mière nuit où tu me pris pour la Vierge des
« dernières amours ? Singulier présage de notre
« destinée ! » Elle s'arrêta ; puis elle reprit :
« Quand je songe que je te quitte pour toujours,
« mon cœur fait un tel effort pour revivre, que
« je me sens presque le pouvoir de me rendre
« immortelle à force d'aimer. Mais, ô mon
« Dieu, que votre volonté soit faite ! » Atala se
tut pendant quelques instants ; elle ajouta : « Il
« ne me reste plus qu'à vous demander pardon
« des maux que je vous ai causés. Je vous ai
« beaucoup tourmenté par mon orgueil et mes
« caprices. Chactas, un peu de terre jeté sur
« mon corps va mettre tout un monde entre
« vous et moi, et vous délivrer pour toujours du
« poids de mes infortunes. »

« Vous pardonner, répondis-je noyé de
« larmes, n'est-ce pas moi qui ai causé tous vos
« malheurs ? » Mon ami, dit-elle en m'inter-
« rompant, vous m'avez rendue très heureuse,
« et si j'étais à recommencer la vie, je préfére-
« rais encore le bonheur de vous avoir aimé
« quelques instants dans un exil infortuné, à
« toute une vie de repos dans ma patrie. »

« Ici la voix d'Atala s'éteignit ; les ombres de
la mort se répandirent autour de ses yeux et de
sa bouche ; ses doigts errants cherchaient à
toucher quelque chose ; elle conversait tout bas
avec des esprits invisibles. Bientôt, faisant un
effort, elle essaya, mais en vain, de détacher de
son cou le petit crucifix ; elle me pria de le
dénouer moi-même, et elle me dit :

« Quand je te parlai pour la première fois, tu
« vis cette croix briller à la lueur du feu sur
« mon sein ; c'est le seul bien que possède Atala.
« Lopez, ton père et le mien, l'envoya à ma
« mère peu de jours après ma naissance. Reçois

« donc de moi cet héritage, ô mon frère,
« conserve-le en mémoire de mes malheurs. Tu
« auras recours à ce Dieu des infortunés dans
« les chagrins de ta vie. Chactas, j'ai une der-
« nière prière à te faire. Ami, notre union aurait
« été courte sur la terre, mais il est après cette
« vie une plus longue vie. Qu'il serait affreux
« d'être séparée de toi pour jamais ! Je ne fais
« que te devancer aujourd'hui, et je te vais
« attendre dans l'empire céleste. Si tu m'as
« aimée, fais-toi instruire dans la religion chré-
« tienne, qui « préparera notre réunion. Elle
« fait sous tes yeux un grand miracle, cette
« religion, puisqu'elle me rend capable de te
« quitter, sans mourir dans les angoisses du
« désespoir. Cependant, Chactas, je ne veux de
« toi qu'une simple promesse, je sais trop ce
« qu'il en coûte pour te demander un serment.
« Peut-être ce vœu te séparerait-il de quelque
« femme plus heureuse que moi... O ma mère,
« pardonne à ta fille. O Vierge, retenez votre
« courroux. Je retombe dans mes faiblesses, et
« je te dérobe, ô mon Dieu, des pensées qui ne
« devraient être que pour toi ! »

« Navré de douleur, je promis à Atala
d'embrasser un jour la religion chrétienne. A ce
spectacle, le Solitaire se levant d'un air inspiré,
et étendant les bras vers la voûte de la grotte :
« Il est temps, s'écria-t-il, il est temps d'appeler
Dieu ici ! »

« A peine a-t-il prononcé ces mots, qu'une
force surnaturelle me contraint de tomber à
genoux, et m'incline la tête au pied du lit
d'Atala. Le prêtre ouvre un lieu secret où était
renfermée une urne d'or, couverte d'un voile de
soie ; il se prosterne et adore profondément. La
grotte parut soudain illuminée ; on entendit
dans les airs les paroles des anges et les fré-

missements des harpes célestes ; et lorsque le Solitaire tira le vase sacré de son tabernacle, je crus voir Dieu lui-même sortir du flanc de la montagne.

« Le prêtre ouvrit le calice ; il prit entre ses deux doigts une hostie blanche comme la neige, et s'approcha d'Atala, en prononçant des mots mystérieux. Cette sainte avait les yeux levés au ciel, en extase. Toutes ses douleurs parurent suspendues, toute sa vie se rassembla sur sa bouche ; ses lèvres s'entr'ouvrirent et vinrent avec respect chercher le Dieu caché sous le pain mystique. Ensuite le divin vieillard trempe un peu de coton dans une huile consacrée ; il en frotte les tempes d'Atala, il regarde un moment la fille mourante, et tout à coup ces fortes paroles lui échappent : « Partez, âme chré- « tienne : allez rejoindre votre Créateur ! » Relevant alors ma tête abattue, je m'écriai, en regardant le vase où était l'huile sainte : « Mon « père, ce remède rendra-t-il la vie à Atala ? » « Oui, mon fils, dit le vieillard en tombant dans « mes bras, la vie éternelle ! » Atala venait d'expirer. »

Dans cet endroit, pour la seconde fois depuis le commencement de son récit, Chactas fut obligé de s'interrompre. Ses pleurs l'inondaient, et sa voix ne laissait échapper que des mots entrecoupés. Le Sachem aveugle ouvrit son sein, il en tira le crucifix d'Atala.

« Le voilà, s'écria-t-il, ce gage de l'adversité ! O René, ô mon fils, tu le vois ; et moi, je ne le vois plus ! Dis-moi, après tant d'années, l'or n'en est-il point altéré ? N'y vois-tu point la trace de mes larmes ? Pourrais-tu reconnaître l'endroit qu'une sainte a touché de ses lèvres ? Comment Chactas n'est-il point encore chré- tien ? Quelles frivoles raisons de politique et de patrie l'ont jusqu'à présent retenu dans les erreurs de ses pères ? Non, je ne veux pas tarder plus longtemps. La terre me crie : « Quand « donc descendras-tu dans la tombe, et « qu'attends-tu pour embrasser une religion « divine ? » O terre, vous ne m'attendrez pas longtemps : aussitôt qu'un prêtre aura rajeuni dans l'onde cette tête blanchie par les chagrins, j'espère me réunir à Atala. Mais achevons ce qui me reste à conter de mon histoire. »

LES FUNÉRAILLES

« Je n'entreprendrai point, ô René, de te peindre aujourd'hui le désespoir qui saisit mon âme, lorsque Atala eut rendu le dernier soupir. Il faudrait avoir plus de chaleur qu'il ne m'en reste ; il faudrait que mes yeux fermés se pussent rouvrir au soleil, pour lui demander compte des pleurs qu'ils versèrent à sa lumière. Oui, cette lune qui brille à présent sur nos têtes, se lassera d'éclairer les solitudes du Kentucky ; oui, le fleuve qui porte maintenant nos pirogues, suspendra le cours de ses eaux, avant que mes larmes cessent de couler pour Atala ! Pendant deux jours entiers, je fus insensible aux discours de l'ermite. En essayant de calmer mes peines, cet excellent homme ne se servait point des vaines raisons de la terre, il se contentait de me dire : « Mon fils, c'est la volonté de Dieu », et il me pressait dans ses bras. Je n'aurais jamais cru qu'il y eût tant de consolation dans ce peu de mots du chrétien résigné, si je ne l'avais éprouvé moi-même.

« La tendresse, l'onction, l'inaltérable patience du vieux serviteur de Dieu, vainquirent enfin l'obstination de ma douleur. J'eus honte des larmes que je lui faisais répandre. « Mon père, « lui dis-je, c'en est trop : que les passions d'un

« jeune homme ne troublent plus la paix de tes
« jours. Laisse-moi emporter les restes de mon
« épouse ; je les ensevelirai dans quelque coin du
« désert, et si je suis encore condamné à la vie, je
« tâcherai de me rendre digne de ces noces éter-
« nelles qui m'ont été promises par Atala. »

« A ce retour inespéré de courage, le bon père
tressaillit de joie ; il s'écria : « O sang de Jésus-
« Christ, sang de mon divin maître, je reconnais
« là tes mérites ! Tu sauveras sans doute ce jeune
« homme. Mon Dieu, achève ton ouvrage. Rends
« la paix à cette âme troublée, et ne lui laisse de
« ses malheurs que d'humbles et utiles souve-
« nirs. »

« Le juste refusa de m'abandonner le corps de
la fille de Lopez, mais il me proposa de faire
venir ses Néophytes, et de l'enterrer avec toute la
pompe chrétienne ; je m'y refusai à mon tour.
« Les malheurs et les vertus d'Atala, lui dis-je,
« ont été inconnus des hommes ; que sa tombe,
« creusée furtivement par nos mains, partage
« cette obscurité ! » Nous convînmes que nous
partirions le lendemain au lever du soleil pour
enterrer Atala sous l'arche du pont naturel à
l'entrée des Bocages de la mort. Il fut aussi résolu
que nous passerions la nuit en prières auprès du
corps de cette sainte.

« Vers le soir, nous transportâmes ses précieux
restes à une ouverture de la grotte, qui donnait
vers le nord. L'ermite les avait roulés dans une
pièce de lin d'Europe, filé par sa mère : c'était le
seul bien qui lui restât de sa patrie, et depuis
longtemps il le destinait à son propre tombeau.
Atala était couchée sur un gazon de sensitives de
montagnes ; ses pieds, sa tête, ses épaules et une
partie de son sein étaient découverts. On voyait
dans ses cheveux une fleur de magnolia fanée...
celle-là même que j'avais déposée sur le lit de la

vierge, pour la rendre féconde. Ses lèvres, comme un bouton de rose cueilli depuis deux matins, semblaient languir et sourire. Dans ses joues d'une blancheur éclatante, on distinguait quelques veines bleues. Ses beaux yeux étaient fermés, ses pieds modestes étaient joints, et ses mains d'albâtre pressaient sur son cœur un crucifix d'ébène ; le scapulaire de ses vœux était passé à son cou. Elle paraissait enchantée par l'Ange de la mélancolie, et par le double sommeil de l'innocence et de la tombe. Je n'ai rien vu de plus céleste. Quiconque eût ignoré que cette jeune fille avait joui de la lumière, aurait pu la prendre pour la statue de la Virginité endormie.

« Le religieux ne cessa de prier toute la nuit. J'étais assis en silence au chevet du lit funèbre de mon Atala. Que de fois, durant son sommeil, j'avais supporté sur mes genoux cette tête charmante ! Que de fois je m'étais penché sur elle, pour entendre et pour respirer son souffle ! Mais à présent aucun bruit ne sortait de ce sein immobile, et c'était en vain que j'attendais le réveil de la beauté !

« La lune prêta son pâle flambeau à cette veillée funèbre. Elle se leva au milieu de la nuit, comme une blanche vestale qui vient pleurer sur le cercueil d'une compagne. Bientôt elle répandit dans les bois ce grand secret de mélancolie, qu'elle aime à raconter aux vieux chênes et aux rivages antiques des mers. De temps en temps, le religieux plongeait un rameau fleuri dans une eau consacrée, puis secouant la branche humide, il parfumait la nuit des baumes du ciel. Parfois il répétait sur un air antique quelques vers d'un vieux poète nommé Job ; il disait :

« J'ai passé comme une fleur ; j'ai séché
« comme l'herbe des champs.

« Pourquoi la lumière a-t-elle été donnée à un

« misérable, et la vie à ceux qui sont dans l'amer-
« tume du cœur ? »

Ainsi chantait l'ancien des hommes. Sa voix
grave et un peu cadencée, allait roulant dans le
silence des déserts. Le nom de Dieu et du tombeau sortait de tous les échos, de tous les torrents, de toutes les forêts. Les roucoulements de
la colombe de Virginie, la chute d'un torrent
dans la montagne, les tintements de la cloche qui
appelait les voyageurs, se mêlaient à ces chants
funèbres, et l'on croyait entendre dans les
Bocages de la mort le chœur lointain des décé-
dés, qui répondait à la voix du Solitaire.

« Cependant une barre d'or se forma dans
l'Orient. Les éperviers criaient sur les rochers, et
les martres rentraient dans le creux des ormes :
c'était le signal du convoi d'Atala. Je chargeai le
corps sur mes épaules ; l'ermite marchait devant
moi, une bêche à la main. Nous commençâmes à
descendre de rochers en rochers ; la vieillesse et
la mort ralentissaient également nos pas. A la
vue du chien qui nous avait trouvés dans la forêt,
et qui maintenant, bondissant de joie, nous tra-
çait une autre route, je me mis à fondre en
larmes. Souvent la longue chevelure d'Atala,
jouet des brises matinales, étendait son voile d'or
sur mes yeux ; souvent pliant sous le fardeau,
j'étais obligé de le déposer sur la mousse, et de
m'asseoir auprès, pour reprendre des forces.
Enfin, nous arrivâmes au lieu marqué par ma
douleur ; nous descendîmes sous l'arche du pont.
O mon fils, il eût fallu voir un jeune Sauvage et
un vieil ermite, à genoux l'un vis-à-vis de l'autre
dans un désert, creusant avec leurs mains un
tombeau pour une pauvre fille dont le corps était
étendu près de là, dans la ravine desséchée d'un
torrent !

« Quand notre ouvrage fut achevé, nous transportâmes la beauté dans son lit d'argile. Hélas, j'avais espéré de préparer une autre couche pour elle ! Prenant alors un peu de poussière dans ma main, et gardant un silence effroyable, j'attachai, pour la dernière fois, mes yeux sur le visage d'Atala. Ensuite je répandis la terre du sommeil sur un front de dix-huit printemps ; je vis graduellement disparaître les traits de ma sœur, et ses grâces se cacher sous le rideau de l'éternité ; son sein surmonta quelque temps le sol noirci, comme un lis blanc s'élève du milieu d'une sombre argile : « Lopez, m'écriai-je alors, vois « ton fils inhumer ta fille ! » et j'achevai de couvrir Atala de la terre du sommeil.

« Nous retournâmes à la grotte, et je fis part au missionnaire du projet que j'avais formé de me fixer près de lui. Le saint, qui connaissait merveilleusement le cœur de l'homme, découvrit ma pensée et la ruse de ma douleur. Il me dit : « Chactas, fils d'Outalissi, tandis qu'Atala a vécu, « je vous ai sollicité moi-même de demeurer « auprès de moi ; mais à présent votre sort est « changé : vous vous devez à votre patrie. « Croyez-moi, mon fils, les douleurs ne sont point « éternelles ; il faut tôt ou tard qu'elles finissent, « parce que le cœur de l'homme est fini ; c'est une « de nos grandes misères : nous ne sommes pas « même capables d'être « longtemps malheu- « reux. Retournez au Meschacebé : allez consoler « votre mère, qui vous pleure tous les jours, et « qui a besoin de votre appui. Faites-vous ins- « truire dans la religion de votre Atala, lorsque « vous en trouverez l'occasion, et souvenez-vous « que vous lui avez promis d'être vertueux et « chrétien. Moi, je veillerai ici sur son tombeau. « Partez, mon fils. Dieu, l'âme de votre sœur, et le « cœur de votre vieil ami vous suivront. »

« Telles furent les paroles de l'homme du

rocher; son autorité était trop grande, sa sagesse trop profonde, pour ne pas lui obéir. Dès le lendemain, je quittai mon vénérable hôte qui, me pressant sur son cœur, me donna ses derniers conseils, sa dernière bénédiction et ses dernières larmes. Je passai au tombeau; je fus surpris d'y trouver une petite croix qui se montrait au-dessus de la mort, comme on aperçoit encore le mât d'un vaisseau qui a fait naufrage. Je jugeai que le solitaire était venu prier au tombeau, pendant la nuit; cette marque d'amitié et de religion fit couler mes pleurs en abondance. Je fus tenté de rouvrir la fosse, et de voir encore une fois ma bien-aimée; une crainte religieuse me retint. Je m'assis sur la terre, fraîchement remuée. Un coude appuyé sur mes genoux, et la tête soutenue dans ma main, je demeurai enseveli dans la plus amère rêverie. O René, c'est là que je fis, pour la première fois, des réflexions sérieuses sur la vanité de nos jours, et la plus grande vanité de nos projets! Eh! mon enfant, qui ne les a point faites ces réflexions! Je ne suis plus qu'un vieux cerf blanchi par les hivers; mes ans le disputent à ceux de la corneille : eh bien! malgré tant de jours accumulés sur ma tête, malgré une si longue expérience de la vie, je n'ai point encore rencontré d'homme qui n'eût été trompé dans ses rêves de félicité, point de cœur qui n'entretînt une plaie cachée. Le cœur le plus serein en apparence, ressemble au puits naturel de la savane Alachua : la surface en paraît calme et pure, mais quand vous regardez au fond du bassin, vous apercevez un large crocodile, que le puits nourrit dans ses eaux.

« Ayant ainsi vu le soleil se lever et se coucher sur ce lieu de douleur, le lendemain au premier cri de la cigogne, je me préparai à quitter la sépulture sacrée. J'en partis comme de la borne d'où je voulais m'élancer dans la carrière de la vertu. Trois fois j'évoquai l'âme d'Atala ; trois fois le Génie du désert répondit à mes cris sous l'arche funèbre. Je saluai ensuite l'Orient, et je découvris au loin, dans les sentiers de la montagne, l'ermite qui se rendait à la cabane de quelque infortuné. Tombant à genoux et embrassant étroitement la fosse, je m'écriai : « Dors en « paix dans cette terre étrangère, fille trop mal- « heureuse ! Pour prix de ton amour, de ton exil « et de ta mort, tu vas être abandonnée, même de « Chactas ! » Alors versant des flots de larmes, je me séparai de la fille de Lopez, alors je m'arrachai de ces lieux, laissant au pied du monument de la nature, un monument plus auguste : l'humble tombeau de la vertu. »

ÉPILOGUE

Chactas, fils d'Outalissi, le Natché, a fait cette histoire à René l'Européen. Les pères l'ont redite aux enfants, et moi, voyageur aux terres lointaines, j'ai fidèlement rapporté ce que des Indiens m'en ont appris. Je vis dans ce récit le tableau du peuple chasseur et du peuple laboureur, la religion, première législatrice des hommes, les dangers de l'ignorance et de l'enthousiasme religieux, opposés aux lumières, à la charité et au véritable esprit de l'Évangile, les combats des passions et des vertus dans un cœur simple, enfin le triomphe du Christianisme sur le sentiment le plus fougueux et la crainte la plus terrible, l'amour et la mort.

Quand un Siminole me raconta cette histoire, je la trouvai fort instructive et parfaitement belle, parce qu'il y mit la fleur du désert, la grâce de la cabane, et une simplicité à conter la douleur, que je ne me flatte pas d'avoir conservées. Mais une chose me restait à savoir. Je demandais ce qu'était devenu le P. Aubry, et personne ne me le pouvait dire. Je l'aurais toujours ignoré, si la Providence, qui conduit tout, ne m'avait découvert ce que je cherchais. Voici comment la chose se passa :

J'avais parcouru les rivages du Meschacebé,

qui formaient autrefois la barrière méridionale
de la Nouvelle France, et j'étais curieux de voir
au nord l'autre merveille de cet empire, la cataracte de Niagara. J'étais arrivé tout près de cette
chute, dans l'ancien pays des Agonnonsioni [1],
lorsqu'un matin, en traversant une plaine, j'aperçus une femme assise sous un arbre, et tenant un
enfant mort sur ses genoux. Je m'approchai doucement de la jeune mère, et je l'entendis qui
disait :

« Si tu étais resté parmi nous, cher enfant,
« comme ta main eût bandé l'arc avec grâce ! Ton
« bras eût dompté l'ours en fureur ; et sur le
« sommet de la montagne, tes pas auraient défié
« le chevreuil à la course. Blanche hermine du
« rocher, si jeune, être allé dans le pays des
« âmes ! Comment feras-tu pour y vivre ? Ton
« père n'y est point pour t'y nourrir de sa chasse.
« Tu auras froid, et aucun esprit ne te donnera
« des peaux pour te couvrir. Oh ! il faut que je me
« hâte de t'aller rejoindre, pour te chanter des
« chansons, et te présenter mon sein. »

Et la jeune mère chantait d'une voix tremblante, balançait l'enfant sur ses genoux, humec-
tait ses lèvres du lait maternel, et prodiguait à la
mort tous les soins qu'on donne à la vie.

Cette femme voulait faire sécher le corps de
son fils sur les branches d'un arbre, selon la
coutume indienne, afin de l'emporter ensuite aux
tombeaux de ses pères. Elle dépouilla donc le
nouveau-né, et respirant quelques instants sur sa
bouche, elle dit : « Ame de mon fils, âme char-
« mante, ton père t'a créée jadis sur mes lèvres
« par un baiser ; hélas, les miens n'ont pas le
« pouvoir de te donner une seconde naissance ! »
Ensuite elle découvrit son sein, et embrassa ces

---

1. Les Iroquois. (*Note de Chateaubriand.*)

restes glacés, qui se fussent ranimés au feu du cœur maternel, si Dieu ne s'était réservé le souffle qui donne la vie.

Elle se leva et chercha des yeux un arbre sur les branches duquel elle pût exposer son enfant. Elle choisit un érable à fleurs rouges, festonné de guirlandes d'apios, et qui exhalait les parfums les plus suaves. D'une main elle en abaissa les rameaux inférieurs, de l'autre elle y plaça le corps; laissant alors échapper la branche, la branche retourna à sa position naturelle, emportant la dépouille de l'innocence, cachée dans un feuillage odorant. Oh! que cette coutume indienne est touchante! Je vous ai vu dans vos campagnes désolées, pompeux monuments des Crassus et des César, et je vous préfère encore ces tombeaux aériens du Sauvage, ces mausolées de fleurs et de verdure que parfume l'abeille, que balance le zéphir, et où le rossignol bâtit son nid et fait entendre sa plaintive mélodie. Si c'est la dépouille d'une jeune fille que la main d'un amant a suspendue à l'arbre de la mort; si ce sont les restes d'un enfant chéri, qu'une mère a placés dans la demeure des petits oiseaux, le charme redouble encore. Je m'approchai de celle qui gémissait au pied de l'érable; je lui imposai les mains sur la tête, en poussant les trois cris de douleur. Ensuite, sans lui parler, prenant comme elle un rameau, j'écartai les insectes qui bourdonnaient autour du corps de l'enfant. Mais je me donnai de garde d'effrayer une colombe voisine. L'Indienne lui disait : « Colombe, si tu n'es « pas l'âme de mon fils qui s'est envolée, tu es, « sans doute, une mère qui cherche quelque « chose pour faire un nid. Prends de ces cheveux, « que je ne laverai plus dans l'eau d'esquine; « prends-en pour coucher tes petits : puisse le « grand Esprit te les conserver! »

Cependant la mère pleurait de joie en voyant la politesse de l'étranger. Comme nous faisions ceci, un jeune homme approcha, et dit : « Fille de « Céluta, retire notre enfant, nous ne séjourne- « rons pas plus longtemps ici, et nous partirons « au premier soleil. » Je dis alors : « Frère, je te « souhaite un ciel bleu, beaucoup de chevreuils, « un manteau de castor, et de l'espérance. Tu n'es « donc pas de ce désert? » « Non, répondit le « jeune homme, nous sommes des exilés, et nous « allons chercher une patrie. » En disant cela, le guerrier baissa la tête dans son sein, et avec le bout de son arc, il abattait la tête des fleurs. Je vis qu'il y avait des larmes au fond de cette histoire, et je me tus. La femme retira son fils des branches de l'arbre, et elle le donna à porter à son époux. Alors je dis : « Voulez-vous me per- « mettre d'allumer votre feu cette nuit? » « Nous « n'avons point de cabane, reprit le guerrier; si « vous voulez nous suivre, nous campons au bord « de la chute. » Je le veux bien, répondis-je », et nous partîmes ensemble.

Nous arrivâmes bientôt au bord de la cata- racte, qui s'annonçait par d'affreux mugisse- ments. Elle est formée par la rivière Niagara, qui sort du lac Érié, et se jette dans le lac Ontario; sa hauteur perpendiculaire est de cent quarante- quatre pieds. Depuis le lac Érié jusqu'au Saut, le fleuve accourt, par une pente rapide, et au moment de la chute, c'est moins un fleuve qu'une mer, dont les torrents se pressent à la bouche béante d'un gouffre. La cataracte se divise en deux branches, et se courbe en fer à cheval. Entre les deux chutes s'avance une île creusée en des- sous, qui pend avec tous ses arbres sur le chaos des ondes. La masse du fleuve qui se précipite au midi, s'arrondit en un vaste cylindre, puis se déroule en nappe de neige, et brille au soleil de

toutes les couleurs. Celle qui tombe au levant
descend dans une ombre effrayante ; on dirait
une colonne d'eau du déluge. Mille arcs-en-ciel se
courbent et se croisent sur l'abîme. Frappant le
roc ébranlé, l'eau rejaillit en tourbillons
d'écume, qui s'élèvent au-dessus des forêts,
comme les fumées d'un vaste embrasement. Des
pins, des noyers sauvages, des rochers taillés en
forme de fantômes, décorent la scène. Des aigles
entraînés par le courant d'air, descendent en
tournoyant au fond du gouffre ; et des carcajous
se suspendent par leurs queues flexibles au bout
d'une branche abaissée, pour saisir dans l'abîme
les cadavres brisés des élans et des ours.

Tandis qu'avec un plaisir mêlé de terreur je
contemplais ce spectacle, l'Indienne et son époux
me quittèrent. Je les cherchai en remontant le
fleuve au-dessus de la chute, et bientôt je les
trouvai dans un endroit convenable à leur deuil.
Ils étaient couchés sur l'herbe avec des vieillards,
auprès de quelques ossements humains envelop-
pés dans des peaux de bêtes. Étonné de tout ce
que je voyais depuis quelques heures, je m'assis
auprès de la jeune mère, et je lui dis : « Qu'est-ce
« que tout ceci, ma sœur ? » Elle me répondit :
« Mon frère, c'est la terre de la patrie ; ce sont les
« cendres de nos aïeux, qui nous suivent dans
« notre exil. » « Et comment, m'écriai-je, avez-
« vous été réduits à un tel malheur ? » La fille de
Céluta repartit : « Nous sommes les restes des
Natchez. « Après le « massacre que les Français
« firent de notre nation pour venger leurs frères,
« ceux de nos frères qui échappèrent aux vain-
« queurs, trouvèrent un asile chez les Chikassas
« nos voisins. Nous y sommes demeurés assez
« longtemps tranquilles ; mais il y a sept lunes
« que les blancs de la Virginie se sont emparés de
« nos terres, en disant qu'elles leur ont été don-

« nées par un roi d'Europe. Nous avons levé les
« yeux au ciel et, chargés des restes de nos aïeux,
« nous avons pris notre route à travers le désert.
« Je suis accouchée pendant la marche ; et
« comme mon lait était mauvais, à cause de la
« douleur, il a fait mourir mon enfant. » En
disant cela, la jeune mère essuya ses yeux avec sa
chevelure ; je pleurais aussi.

Or, je dis bientôt : « Ma sœur, adorons le grand
« Esprit, tout arrive par son ordre. Nous sommes
« tous voyageurs ; nos pères l'ont été comme
« nous ; mais il y a un lieu où nous nous repose-
« rons. Si je ne craignais d'avoir la langue aussi
« légère que celle d'un blanc, je vous demande-
« rais si vous avez entendu parler de Chactas, le
« Natché ? » A ces mots, l'Indienne me regarda et
me dit : « Qui est-ce qui vous a parlé de Chactas,
« le Natché ? » Je répondis : « C'est la sagesse. »
« L'Indienne reprit : « Je vous dirai ce que je sais,
« parce que vous avez éloigné les mouches du
« corps de mon fils, et que vous venez de dire de
« belles paroles sur le grand Esprit. Je suis la fille
« de la fille de René l'Européen, que Chactas
« avait adopté. Chactas, qui avait reçu le bap-
« tême, et René mon aïeul si malheureux, ont
« péri dans le massacre. » « L'homme va tou-
« jours de douleur en douleur, répondis-je en
« m'inclinant. Vous pourriez donc aussi
« m'apprendre des nouvelles du P. Aubry ? » « Il
« n'a pas été plus heureux que Chactas, dit
« l'Indienne. Les Chéroquois, ennemis des Fran-
« çais, pénétrèrent à sa Mission, ils y furent
« conduits par le son de la cloche qu'on sonnait
« pour secourir les voyageurs. Le P. Aubry se
« pouvait sauver ; mais il ne voulut pas abandon-
« ner ses enfants, et il demeura pour les encoura-
« ger à mourir, par son exemple. Il fut brûlé avec
« de grandes tortures ; jamais on ne put tirer de

« lui un cri qui tournât à la honte de son Dieu, ou
« au déshonneur de sa patrie. Il ne cessa, durant
« le supplice, de prier pour ses bourreaux, et de
« compatir au sort des victimes. Pour lui arra-
« cher une marque de faiblesse, les Chéroquois
« amenèrent à ses pieds un Sauvage chrétien,
« qu'ils avaient horriblement mutilé. Mais ils
« furent bien surpris, quand ils virent le jeune
« homme se jeter à genoux, et baiser les plaies du
« vieil ermite qui lui criait : « Mon enfant, nous
« avons été mis en spectacle aux anges et aux
« hommes. » Les Indiens furieux lui plongèrent
« un fer rouge dans la gorge, pour l'empêcher de
« parler. Alors ne pouvant plus consoler les
« hommes, il expira.

« On dit que les Chéroquois, tout accoutumés
« qu'ils étaient à voir des Sauvages souffrir avec
« constance, ne purent s'empêcher d'avouer qu'il
« y avait dans l'humble courage du P. Aubry
« quelque chose qui leur était inconnu, et qui
« surpassait tous les courages de la terre. Plu-
« sieurs d'entre eux, frappés de cette mort, se
« sont faits chrétiens.

« Quelques années après, Chactas, à son retour
« de la terre des blancs, ayant appris les mal-
« heurs du chef de la prière, partit pour aller
« recueillir ses cendres et celles d'Atala. Il arriva
« à l'endroit où était située la Mission, mais il put
« à peine le reconnaître. Le lac s'était débordé, et
« la savane était changée en un marais ; le pont
« naturel, en s'écroulant, avait enseveli sous ses
« débris le tombeau d'Atala et les Bocages de la
« mort. Chactas erra longtemps dans ce lieu ; il
« visita la grotte du Solitaire qu'il trouva remplie
« de ronces et de framboisiers, et dans laquelle
« une biche allaitait son faon. Il s'assit sur le
« rocher de la Veillée de la mort, où il ne vit que
« quelques plumes tombées de l'aile de l'oiseau

« de passage. Tandis qu'il y pleurait, le serpent
« familier du missionnaire sortit des broussailles
« voisines, et vint s'entortiller à ses pieds. Chac-
« tas réchauffa dans son sein ce fidèle ami, resté
« seul au milieu de ces ruines. Le fils d'Outalissi
« a raconté que plusieurs fois aux approches de
« la nuit, il avait cru voir les ombres d'Atala et du
« P. Aubry s'élever dans la vapeur du crépuscule.
« Ces visions le remplirent d'une religieuse
« frayeur et d'une joie triste.

     « Après avoir cherché vainement le tombeau
« de sa sœur et celui de l'ermite, il était près
« d'abandonner ces lieux, lorsque la biche de la
« grotte se mit à bondir devant lui. Elle s'arrêta
« au pied de la croix de la Mission. Cette croix
« était alors à moitié entourée d'eau ; son bois
« était rongé de mousse, et le pélican du désert
« aimait à se pencher sur ses bras vermoulus.
« Chactas jugea que la biche reconnaissante
« l'avait conduit au tombeau de son hôte. Il
« creusa sous la roche qui jadis servait d'autel, et
« il y trouva les restes d'un homme et d'une
« femme. Il ne douta point que ce ne fussent ceux
« du prêtre et de la vierge, que les anges avaient
« peut-être ensevelis dans ce lieu ; il les enve-
« loppa dans des peaux d'ours, et reprit le che-
« min de son pays emportant les précieux restes,
« qui résonnaient sur ses épaules comme le car-
« quois de la mort. La nuit, il les mettait sous sa
« tête, et il avait des songes d'amour et de vertu.
« O étranger, tu peux contempler ici cette pous-
« sière avec celle de Chactas lui-même ! »

     Comme l'Indienne achevait de prononcer ces
mots, je me levai ; je m'approchai des cendres
sacrées, et me prosternai devant elles en silence.
Puis m'éloignant à grands pas, je m'écriai :
« Ainsi passe sur la terre tout ce qui fut bon,
« vertueux, sensible ! Homme, tu n'es qu'un

« songe rapide, un rêve douloureux ; tu n'existes
« que par le malheur ; tu n'es quelque chose que
« par la tristesse de ton âme et l'éternelle mélan-
« colie de ta pensée ! »

Ces réflexions m'occupèrent toute la nuit. Le
lendemain, au point du jour, mes hôtes me quittèrent. Les jeunes guerriers ouvraient la marche,
et les épouses la fermaient ; les premiers étaient
chargés des saintes reliques ; les secondes portaient leurs nouveau-nés ; les vieillards chemi-
naient lentement au milieu, placés entre les
aïeux et leur postérité, entre les souvenirs et
l'espérance, entre la patrie perdue et la patrie à
venir. Oh ! que de larmes sont répandues,
lorsqu'on abandonne ainsi la terre natale,
lorsque du haut de la colline de l'exil, on
découvre pour la dernière fois le toit où l'on fut
nourri et le fleuve de la cabane, qui continue de
couler tristement à travers les champs solitaires
de la patrie !

Indiens infortunés que j'ai vus errer dans les
déserts du Nouveau-Monde, avec les cendres de
vos aïeux, vous qui m'aviez donné l'hospitalité
malgré votre misère, je ne pourrais vous la
rendre aujourd'hui, car j'erre, ainsi que vous, à la
merci des hommes ; et moins heureux dans mon
exil, je n'ai point emporté les os de mes pères.

RENÉ

En arrivant chez les Natchez, René avait été obligé de prendre une épouse, pour se conformer aux mœurs des Indiens; mais il ne vivait point avec elle. Un penchant mélancolique l'entraînait au fond des bois; il y passait seul des journées entières, et semblait sauvage parmi des sauvages. Hors Chactas, son père adoptif, et le P. Souël, missionnaire au fort Rosalie[1], il avait renoncé au commerce des hommes. Ces deux vieillards avaient pris beaucoup d'empire sur son cœur : le premier, par une indulgence aimable; l'autre, au contraire, par une extrême sévérité. Depuis la chasse du castor, où le Sachem aveugle raconta ses aventures à René, celui-ci n'avait jamais voulu parler des siennes. Cependant Chactas et le missionnaire désiraient vivement connaître par quel malheur un Européen bien né avait été conduit à l'étrange résolution de s'ensevelir dans les déserts de la Louisiane. René avait toujours donné pour motifs de ses refus, le peu d'intérêt de son histoire qui se bornait, disait-il, à celle de ses pensées et de ses sentiments. « Quant à l'événement qui m'a déterminé à

---

1. Colonie française aux Natchez. (*Note de Chateaubriand.*)

« passer en Amérique, ajoutait-il, je le dois
« ensevelir dans un éternel oubli. »

Quelques années s'écoulèrent de la sorte,
sans que les deux vieillards lui pussent arracher son secret. Une lettre qu'il reçut d'Europe,
par le bureau des Missions étrangères, redoubla tellement sa tristesse, qu'il fuyait jusqu'à
ses vieux amis. Ils n'en furent que plus ardents
à le presser de leur ouvrir son cœur; ils y
mirent tant de discrétion, de douceur et d'autorité, qu'il fut enfin obligé de les satisfaire. Il
prit donc jour avec eux, pour leur raconter, non
les aventures de sa vie, puisqu'il n'en avait
point éprouvé, mais les sentiments secrets de
son âme.

Le 21 de ce mois que les Sauvages appellent
la lune des fleurs. René se rendit à la cabane de
Chactas. Il donna le bras au Sachem, et le
conduisit sous un sassafras, au bord du Meschacebé. Le P. Souël ne tarda pas à arriver au
rendez-vous. L'aurore se levait : à quelque distance dans la plaine, on apercevait le village
des Natchez, avec son bocage de mûriers, et ses
cabanes qui ressemblent à des ruches
d'abeilles. La colonie française et le fort Rosalie se montraient sur la droite, au bord du
fleuve. Des tentes, des maisons à moitié bâties,
des forteresses commencées, des défrichements
couverts de Nègres, des groupes de Blancs et
d'Indiens, présentaient dans ce petit espace, le
contraste des mœurs sociales et des mœurs
sauvages. Vers l'orient, au fond de la perspective, le soleil commençait à paraître entre les
sommets brisés des Apalaches, qui se dessi-
naient comme des caractères d'azur dans les
hauteurs dorées du ciel : à l'occident, le Meschacebé roulait ses ondes dans un silence
magnifique, et formait la bordure du tableau
avec une inconcevable grandeur.

Le jeune homme et le missionnaire admirèrent quelque temps cette belle scène, en plaignant le Sachem qui ne pouvait plus en jouir ; ensuite le P. Souël et Chactas s'assirent sur le gazon, au pied de l'arbre ; René prit sa place au milieu d'eux, et après un moment de silence, il parla de la sorte à ses vieux amis :

« Je ne puis, en commençant mon récit, me défendre d'un mouvement de honte. La paix de vos cœurs, respectables vieillards, et le calme de la nature autour de moi, me font rougir du trouble et de l'agitation de mon âme.

« Combien vous aurez pitié de moi ! Que mes éternelles inquiétudes vous paraîtront misérables ! Vous qui avez épuisé tous les chagrins de la vie, que penserez-vous d'un jeune homme sans force et sans vertu, qui trouve en lui-même son tourment, et ne peut guère se plaindre que des maux qu'il se fait à lui-même ? Hélas, ne le condamnez pas ; il a été trop puni !

« J'ai coûté la vie à ma mère en venant au monde ; j'ai été tiré de son sein avec le fer. J'avais un frère que mon père bénit, parce qu'il voyait en lui son fils aîné. Pour moi, livré de bonne heure à des mains étrangères, je fus élevé loin du toit paternel.

« Mon humeur était impétueuse, mon caractère inégal. Tour à tour bruyant et joyeux, silencieux et triste, je rassemblais autour de moi mes jeunes compagnons ; puis, les abandonnant tout à coup, j'allais m'asseoir à l'écart, pour contempler la nue fugitive, ou entendre la pluie tomber sur le feuillage.

« Chaque automne, je revenais au château paternel, situé au milieu des forêts, près d'un lac, dans une province reculée.

« Timide et contraint devant mon père, je ne trouvais l'aise et le contentement qu'auprès de ma sœur Amélie. Une douce conformité d'humeur et de goûts m'unissait étroitement à cette sœur ; elle était un peu plus âgée que moi. Nous aimions à gravir les coteaux ensemble, à voguer sur le lac, à parcourir les bois à la chute des feuilles : promenades dont le souvenir remplit encore mon âme de délices. O illusions de l'enfance et de la patrie, ne perdez-vous jamais vos douceurs ?

« Tantôt nous marchions en silence, prêtant l'oreille au sourd mugissement de l'automne, ou au bruit des feuilles séchées, que nous traînions tristement sous nos pas ; tantôt, dans nos jeux innocents, nous poursuivions l'hirondelle dans la prairie, l'arc-en-ciel sur les collines pluvieuses ; quelquefois aussi nous murmurions des vers que nous inspirait le spectacle de la nature. Jeune, je cultivais les Muses ; il n'y a rien de plus poétique, dans la fraîcheur de ses passions, qu'un cœur de seize années. Le matin de la vie est comme le matin du jour, plein de pureté, d'images et d'harmonies.

« Les dimanches et les jours de fête, j'ai souvent entendu, dans le grand bois, à travers les arbres, les sons de la cloche lointaine qui appelait au temple l'homme des champs. Appuyé contre le tronc d'un ormeau, j'écoutais en silence le pieux murmure. Chaque frémissement de l'airain portait à mon âme naïve l'innocence des mœurs champêtres, le calme de la solitude, le charme de la religion, et la délectable mélancolie des souvenirs de ma première enfance. Oh ! quel cœur si mal fait n'a tressailli au bruit des cloches de son lieu natal, de ces cloches qui frémirent de joie sur son berceau, qui annoncèrent son avènement à la vie, qui marquèrent le premier battement de son cœur, qui publièrent dans tous les lieux d'alentour la sainte allégresse de son père, les douleurs et les joies encore plus ineffables de sa mère ! Tout se trouve dans les rêveries enchantées où nous plonge le bruit de la cloche natale : religion, famille, patrie, et le berceau et la tombe, et le passé et l'avenir.

« Il est vrai qu'Amélie et moi nous jouissions plus que personne de ces idées graves et tendres, car nous avions tous les deux un peu de tristesse au fond du cœur : nous tenions cela de Dieu ou de notre mère.

« Cependant mon père fut atteint d'une maladie qui le conduisit en peu de jours au tombeau. Il expira dans mes bras. J'appris à connaître la mort sur les lèvres de celui qui m'avait donné la vie. Cette impression fut grande ; elle dure encore. C'est la première fois que l'immortalité de l'âme s'est présentée clairement à mes yeux. Je ne pus croire que ce corps inanimé était en moi l'auteur de la pensée : je sentis qu'elle me devait venir d'une autre source ; et dans une sainte douleur qui approchait de la joie, j'espérai me rejoindre un jour à l'esprit de mon père.

« Un autre phénomène me confirma dans cette haute idée. Les traits paternels avaient pris au cercueil quelque chose de sublime. Pourquoi cet étonnant mystère ne serait-il pas l'indice de notre immortalité ? Pourquoi la mort qui sait tout, n'aurait-elle pas gravé sur le front de sa victime les secrets d'un autre univers ? Pourquoi n'y aurait-il pas dans la tombe quelque grande vision de l'éternité ?

« Amélie, accablée de douleur, était retirée au fond d'une tour, d'où elle entendit retentir, sous les voûtes du château gothique, le chant des prêtres du convoi et les sons de la cloche funèbre.

« J'accompagnai mon père à son dernier

asile ; la terre se referma sur sa dépouille ;
l'éternité et l'oubli le pressèrent de tout leur
poids ; le soir même l'indifférent passait sur sa
tombe ; hors pour sa fille et pour son fils, c'était
déjà comme s'il n'avait jamais été.

« Il fallut quitter le toit paternel, devenu
l'héritage de mon frère : je me retirai avec
Amélie chez de vieux parents.

« Arrêté à l'entrée des voies trompeuses de la
vie, je les considérais l'une après l'autre, sans
m'y oser engager. Amélie m'entretenait
souvent du bonheur de la vie religieuse ; elle me
disait que j'étais le seul lien qui la retînt dans le
monde, et ses yeux s'attachaient sur moi avec
tristesse.

« Le cœur ému par ces conversations pieuses,
je portais souvent mes pas vers un monastère,
voisin de mon nouveau séjour ; un moment
même j'eus la tentation d'y cacher ma vie.
Heureux ceux qui ont fini leur voyage, sans
avoir quitté le port, et qui n'ont point, comme
moi, traîné d'inutiles jours sur la terre !

« Les Européens incessamment agités sont
obligés de se bâtir des solitudes. Plus notre
cœur est tumultueux et bruyant, plus le calme
et le silence nous attirent. Ces hospices de mon
pays, ouverts aux malheureux et aux faibles,
sont souvent cachés dans des vallons qui
portent au cœur le vague sentiment de l'infortune et l'espérance d'un abri ; quelquefois aussi
on les découvre sur de hauts sites où l'âme
religieuse, comme une plante des montagnes,
semble s'élever vers le ciel pour lui offrir ses
parfums.

« Je vois encore le mélange majestueux des
eaux et des bois de cette antique abbaye où je
pensai dérober ma vie aux caprices du sort ;
j'erre encore au déclin du jour dans ces cloîtres

retentissants et solitaires. Lorsque la lune éclairait à demi les piliers des arcades, et dessinait leur ombre sur le mur opposé, je m'arrêtais à contempler la croix qui marquait le champ de la mort, et les longues herbes qui croissaient entre les pierres des tombes. O hommes, qui ayant vécu loin du monde, avez passé du silence de la vie au silence de la mort, de quel dégoût de la terre vos tombeaux ne remplissaient-ils point mon cœur !

« Soit inconstance naturelle, soit préjugé contre la vie monastique, je changeai mes desseins ; je me résolus à voyager. Je dis adieu à ma sœur ; elle me serra dans ses bras avec un mouvement qui ressemblait à de la joie, comme si elle eût été heureuse de me quitter ; je ne pus me défendre d'une réflexion amère sur l'inconséquence des amitiés humaines.

« Cependant, plein d'ardeur, je m'élançai seul sur cet orageux océan du monde, dont je ne connaissais ni les ports, ni les écueils. Je visitai d'abord les peuples qui ne sont plus ; je m'en allai m'asseyant sur les débris de Rome et de la Grèce : pays de forte et d'ingénieuse mémoire, où les palais sont ensevelis dans la poudre, et les mausolées des rois cachés sous les ronces. Force de la nature, et faiblesse de l'homme : un brin d'herbe perce souvent le marbre le plus dur de ces tombeaux, que tous ces morts, si puissants, ne soulèveront jamais !

« Quelquefois une haute colonne se montrait seule debout dans un désert, comme une grande pensée s'élève, par intervalles, dans une âme que le temps et le malheur ont dévastée.

« Je méditai sur ces monuments dans tous les accidents et à toutes les heures de la journée. Tantôt ce même soleil qui avait vu jeter les fondements de ces cités, se couchait majestueusement, à mes yeux, sur leurs ruines ; tantôt la lune se levant dans un ciel pur, entre deux urnes cinéraires à moitié brisées, me montrait les pâles tombeaux. Souvent aux rayons de cet astre qui alimente les rêveries, j'ai cru voir le Génie des souvenirs, assis tout pensif à mes côtés.

« Mais je me lassai de fouiller dans des cercueils, où je ne remuais trop souvent qu'une poussière criminelle.

« Je voulus voir si les races vivantes m'offriraient plus de vertus, ou moins de malheurs que les races évanouies. Comme je me promenais un jour dans une grande cité, en passant derrière un palais, dans une cour retirée et déserte, j'aperçus une statue qui indiquait du doigt un lieu fameux par un sacrifice[1]. Je fus frappé du silence de ces lieux ; le vent seul gémissait autour du marbre tragique. Des manœuvres étaient couchés avec indifférence au pied de la statue, ou taillaient des pierres en sifflant. Je leur demandai ce que signifiait ce monument : les uns purent à peine me le dire, les autres ignoraient la catastrophe qu'il retraçait. Rien ne m'a plus donné la juste mesure des événements de la vie, et du peu que nous sommes. Que sont devenus ces personnages qui firent tant de bruit ? Le temps a fait un pas, et la face de la terre a été renouvelée.

« Je recherchai surtout dans mes voyages les artistes et ces hommes divins qui chantent les Dieux sur la lyre, et la félicité des peuples qui honorent les lois, la religion et les tombeaux.

« Ces chantres sont de race divine, ils possèdent le seul talent incontestable dont le ciel ait fait présent à la terre. Leur vie est à la fois

---

1. A Londres, derrière White-Hall, la statue de Charles II. (*Note de Chateaubriand*).

naïve et sublime ; ils célèbrent les Dieux avec une bouche d'or, et sont les plus simples des hommes ; ils causent comme des immortels ou comme de petits enfants ; ils expliquent les lois de l'univers, et ne peuvent comprendre les affaires les plus innocentes de la vie ; ils ont des idées merveilleuses de la mort, et meurent, sans s'en apercevoir, comme des nouveau-nés.

« Sur les monts de la Calédonie, le dernier Barde qu'on ait ouï dans ces déserts me chanta les poèmes dont un héros consolait jadis sa vieillesse. Nous étions assis sur quatre pierres rongées de mousse ; un torrent coulait à nos pieds ; le chevreuil paissait à quelque distance parmi les débris d'une tour, et le vent des mers sifflait sur la bruyère de Cona. Maintenant la religion chrétienne, fille aussi des hautes montagnes, a placé des croix sur les monuments des héros de Morven, et touché la harpe de David, au bord du même torrent où Ossian fit gémir la sienne. Aussi pacifique que les divinités de Selma étaient guerrières, elle garde des troupeaux où Fingal livrait des combats, et elle a répandu des anges de paix dans les nuages qu'habitaient des fantômes homicides.

« L'ancienne et riante Italie m'offrit la foule de ses chefs-d'œuvre. Avec quelle sainte et poétique horreur j'errais dans ces vastes édifices consacrés par les arts à la religion ! Quel labyrinthe de colonnes ! Quelle succession d'arches et de voûtes ! Qu'ils sont beaux ces bruits qu'on entend autour des dômes, semblables aux rumeurs des flots dans l'Océan, aux murmures des vents dans les forêts, ou à la voix de Dieu dans son temple ! L'architecte bâtit, pour ainsi dire, les idées du poète et les fait toucher aux sens.

« Cependant qu'avais-je appris jusqu'alors

avec tant de fatigue ? Rien de certain parmi les anciens, rien de beau parmi les modernes. Le passé et le présent sont deux statues incomplètes : l'une a été retirée toute mutilée du débris des âges ; l'autre n'a pas encore reçu sa perfection de l'avenir.

« Mais peut-être, mes vieux amis, vous surtout, habitants du désert, êtes-vous étonnés que dans ce récit de mes voyages, je ne vous aie pas une seule fois entretenus des monuments de la nature ?

« Un jour, j'étais monté au sommet de l'Etna, volcan qui brûle au milieu d'une île. Je vis le soleil se lever dans l'immensité de l'horizon au-dessous de moi, la Sicile resserrée comme un point à mes pieds, et la mer déroulée au loin dans les espaces. Dans cette vue perpendiculaire du tableau, les fleuves ne me semblaient plus que des lignes géographiques tracées sur une carte ; mais, tandis que d'un côté mon œil apercevait ces objets, de l'autre il plongeait dans le cratère de l'Etna, dont je découvrais les entrailles brûlantes, entre les bouffées d'une noire vapeur.

« Un jeune homme plein de passions, assis sur la bouche d'un volcan, et pleurant sur les mortels dont à peine il voyait à ses pieds les demeures, n'est sans doute, ô vieillard, qu'un objet digne de votre pitié ; mais, quoi que vous puissiez penser de René, ce tableau vous offre l'image de son caractère et de son existence : c'est ainsi que toute ma vie j'ai eu devant les yeux une création à la fois immense et imperceptible, et un abîme ouvert à mes côtés. »

En prononçant ces derniers mots, René se tut, et tomba subitement dans la rêverie. Le P. Souël le regardait avec étonnement, et le vieux Sachem aveugle qui n'entendait plus parler le jeune homme, ne savait que penser de ce silence.

René avait les yeux attachés sur un groupe d'Indiens qui passaient gaiement dans la plaine. Tout à coup sa physionomie s'attendrit, des larmes coulent de ses yeux, il s'écrie :

« Heureux Sauvages ! Oh ! que ne puis-je jouir de la paix qui vous accompagne toujours ! Tandis qu'avec si peu de fruit je parcourais tant de contrées, vous, assis tranquillement sous vos chênes, vous laissiez couler les jours sans les compter. Votre raison n'était que vos besoins, et vous arriviez, mieux que moi, au résultat de la sagesse, comme l'enfant, entre les jeux et le sommeil. Si cette mélancolie qui s'engendre de l'excès du bonheur atteignait quelquefois votre âme, bientôt vous sortiez de cette tristesse passagère, et votre regard levé vers le Ciel, cherchait avec attendrissement ce je ne sais quoi inconnu qui prend pitié du pauvre Sauvage. »

Ici la voix de René expira de nouveau, et le jeune homme pencha la tête sur sa poitrine. Chactas, étendant le bras dans l'ombre, et prenant le bras de son fils, lui cria d'un ton ému : « Mon fils ! mon cher fils ! » A ces accents, le frère d'Amélie revenant à lui, et rougissant de son trouble, pria son père de lui pardonner.

Alors le vieux Sauvage : « Mon jeune ami, les mouvements d'un cœur comme le tien ne sauraient être égaux ; modère seulement ce caractère qui t'a déjà fait tant de mal. Si tu souffres plus qu'un autre des choses de la vie, il ne faut pas t'en étonner ; une grande âme doit contenir plus de douleur qu'une petite. Continue ton récit. Tu nous as fait parcourir une partie de l'Europe, fais-nous connaître ta patrie. Tu sais que j'ai vu la France, et quels liens m'y ont attaché ; j'aimerai à entendre parler de ce grand Chef[1], qui n'est plus, et dont j'ai visité la superbe cabane. Mon enfant, je ne vis plus que par la mémoire. Un vieillard avec ses souvenirs ressemble au chêne décrépit de nos bois : ce chêne ne se décore plus de son propre feuillage, mais il couvre quelquefois sa nudité des plantes étrangères qui ont végété sur ses antiques rameaux. »

Le frère d'Amélie, calmé par ces paroles, reprit ainsi l'histoire de son cœur :

« Hélas ! mon père, je ne pourrai t'entretenir de ce grand siècle dont je n'ai vu que la fin dans mon enfance, et qui n'était plus lorsque je rentrai dans ma patrie. Jamais un changement plus étonnant et plus soudain ne s'est opéré chez un peuple. De la hauteur du génie, du respect pour la religion, de la gravité des mœurs, tout était subitement descendu à la souplesse de l'esprit, à l'impiété, à la corruption.

« C'était donc bien vainement que j'avais espéré retrouver dans mon pays de quoi calmer cette inquiétude, cette ardeur de désir qui me suit partout. L'étude du monde ne m'avait rien appris, et pourtant je n'avais plus la douceur de l'ignorance.

« Ma sœur, par une conduite inexplicable, semblait se plaire à augmenter mon ennui ; elle avait quitté Paris quelques jours avant mon arrivée. Je lui écrivis que je comptais l'aller rejoindre ; elle se hâta de me répondre pour me détourner de ce projet, sous prétexte qu'elle était incertaine du lieu où l'appelleraient ses affaires. Quelles tristes réflexions ne fis-je point alors sur l'amitié, que la présence attiédit, que l'absence efface, qui ne résiste point au malheur, et encore moins à la prospérité !

---

1. Louis XIV. *(Note de Chateaubriand.)*

« Je me trouvai bientôt plus isolé dans ma patrie, que je ne l'avais été sur une terre étrangère. Je voulus me jeter pendant quelque temps dans un monde qui ne me disait rien et qui ne m'entendait pas. Mon âme, qu'aucune passion n'avait encore usée, cherchait un objet qui pût l'attacher; mais je m'aperçus que je donnais plus que je ne recevais. Ce n'était ni un langage élevé, ni un sentiment profond qu'on demandait de moi. Je n'étais occupé qu'à rapetisser ma vie, pour la mettre au niveau de la société. Traité partout d'esprit romanesque, honteux du rôle que je jouais, dégoûté de plus en plus des choses et des hommes, je pris le parti de me retirer dans un faubourg pour y vivre totalement ignoré.

« Je trouvai d'abord assez de plaisir dans cette vie obscure et indépendante. Inconnu, je me mêlais à la foule : vaste désert d'hommes!

« Souvent assis dans une église peu fréquentée, je passais des heures entières en méditation. Je voyais de pauvres femmes venir se prosterner devant le Très-Haut, ou des pécheurs s'agenouiller au tribunal de la pénitence. Nul ne sortait de ces lieux sans un visage plus serein, et les sourdes clameurs qu'on entendait au-dehors semblaient être les flots des passions et les orages du monde qui venaient expirer au pied du temple du Seigneur. Grand Dieu, qui vit en secret couler mes larmes dans ces retraites sacrées, tu sais combien de fois je me jetai à tes pieds, pour te supplier de me décharger du poids de l'existence, ou de changer en moi le vieil homme! Ah! qui n'a senti quelquefois le besoin de se régénérer, de se rajeunir aux eaux du torrent, de retremper son âme à la fontaine de vie? Qui ne se trouve quelquefois accablé du fardeau de sa propre corruption, et incapable de rien faire de grand, de noble, de juste ?

« Quand le soir était venu, reprenant le chemin de ma retraite, je m'arrêtais sur les ponts, pour voir se coucher le soleil. L'astre, enflammant les vapeurs de la cité, semblait osciller lentement dans un fluide d'or, comme le pendule de l'horloge des siècles. Je me retirais ensuite avec la nuit, à travers un labyrinthe de rues solitaires. En regardant les lumières qui brillaient dans les demeures des hommes, je me transportais par la pensée au milieu des scènes de douleur et de joie qu'elles éclairaient ; et je songeais que sous tant de toits habités, je n'avais pas un ami. Au milieu de mes réflexions, l'heure venait frapper à coups mesurés dans la tour de la cathédrale gothique ; elle allait se répétant sur tous les tons et à toutes les distances d'église en église. Hélas ! chaque heure dans la société ouvre un tombeau, et fait couler des larmes.

« Cette vie, qui m'avait d'abord enchanté, ne tarda pas à me devenir insupportable. Je me fatiguai de la répétition des mêmes scènes et des mêmes idées. Je me mis à sonder mon cœur, à me demander ce que je désirais. Je ne le savais pas ; mais je crus tout à coup que les bois me seraient délicieux. Me voilà soudain résolu d'achever, dans un exil champêtre, une carrière à peine commencée, et dans laquelle j'avais déjà dévoré des siècles.

« J'embrassai ce projet avec l'ardeur que je mets à tous mes desseins ; je partis précipitamment pour m'ensevelir dans une chaumière, comme j'étais parti autrefois pour faire le tour du monde.

« On m'accuse d'avoir des goûts inconstants, de ne pouvoir jouir longtemps de la même

chimère, d'être la proie d'une imagination qui
se hâte d'arriver au fond de mes plaisirs,
comme si elle était accablée de leur durée ; on
m'accuse de passer toujours le but que je puis
atteindre : hélas ! je cherche seulement un bien
inconnu, dont l'instinct me poursuit. Est-ce ma
faute, si je trouve partout des bornes, si ce qui
est fini n'a pour moi aucune valeur ? Cependant
je sens que j'aime la monotonie des sentiments
de la vie, et si j'avais encore la folie de croire au
bonheur, je le chercherais dans l'habitude.

« La solitude absolue, le spectacle de la
nature, me plongèrent bientôt dans un état
presque impossible à décrire. Sans parents,
sans amis, pour ainsi dire seul sur la terre,
n'ayant point encore aimé, j'étais accablé d'une
surabondance de vie. Quelquefois je rougissais
subitement, et je sentais couler dans mon cœur
comme des ruisseaux d'une lave ardente ; quelquefois je poussais des cris involontaires, et la
nuit était également troublée de mes songes et
de mes veilles. Il me manquait quelque chose
pour remplir l'abîme de mon existence : je des-
cendais dans la vallée, je m'élevais sur la montagne, appelant de toute la force de mes désirs
l'idéal objet d'une flamme future ; je l'embrassais dans les vents ; je croyais l'entendre dans
les gémissements du fleuve ; tout était ce fantôme imaginaire, et les astres dans les cieux, et
le principe même de vie dans l'univers.

« Toutefois cet état de calme et de trouble,
d'indigence et de richesse, n'était pas sans quelques charmes. Un jour je m'étais amusé à
effeuiller une branche de saule sur un ruisseau,
et à attacher une idée à chaque feuille que le
courant entraînait. Un roi qui craint de perdre
sa couronne par une révolution subite, ne
ressent pas des angoisses plus vives que les

miennes, à chaque accident qui menaçait les débris de mon rameau. O faiblesse des mortels ! O enfance du cœur humain qui ne vieillit jamais ! Voilà donc à quel degré de puérilité notre superbe raison peut descendre ! Et encore est-il vrai que bien des hommes attachent leur destinée à des choses d'aussi peu de valeur que mes feuilles de saule.

« Mais comment exprimer cette foule de sensations fugitives, que j'éprouvais dans mes promenades ? Les sons que rendent les passions dans le vide d'un cœur solitaire, ressemblent au murmure que les vents et les eaux font entendre dans le silence d'un désert : on en jouit, mais on ne peut les peindre.

« L'automne me surprit au milieu de ces incertitudes : j'entrai avec ravissement dans les mois des tempêtes. Tantôt j'aurais voulu être un de ces guerriers errant au milieu des vents, des nuages et des fantômes ; tantôt j'enviais jusqu'au sort du pâtre que je voyais réchauffer ses mains à l'humble feu de broussailles qu'il avait allumé au coin d'un bois. J'écoutais ses chants mélancoliques, qui me rappelaient que dans tout pays, le chant naturel de l'homme est triste, lors même qu'il exprime le bonheur. Notre cœur est un instrument incomplet, une lyre où il manque des cordes, et où nous sommes forcés de rendre les accents de la joie sur le ton consacré aux soupirs.

« Le jour je m'égarais sur de grandes bruyères terminées par des forêts. Qu'il fallait peu de chose à ma rêverie : une feuille séchée que le vent chassait devant moi, une cabane dont la fumée s'élevait dans la cime dépouillée des arbres, la mousse qui tremblait au souffle du nord sur le tronc d'un chêne, une roche

écartée, un étang désert où le jonc flétri murmurait! Le clocher du hameau, s'élevant au
loin dans la vallée, a souvent attiré mes
regards; souvent j'ai suivi des yeux les oiseaux
de passage qui volaient au-dessus de ma tête. Je
me figurais les bords ignorés, les climats loin-
tains où ils se rendent; j'aurais voulu être sur
leurs ailes. Un secret instinct me tourmentait;
je sentais que je n'étais moi-même qu'un voyageur; mais une voix du ciel semblait me dire :
« Homme, la saison de ta migration n'est pas
« encore venue; attends que le vent de la mort
« se lève, alors tu déploieras ton vol vers ces
« régions inconnues que ton cœur demande. »

   « Levez-vous vite, orages désirés, qui devez
emporter René dans les espaces d'une autre
vie! Ainsi disant, je marchais à grands pas, le
visage enflammé, le vent sifflant dans ma chevelure, ne sentant ni pluie ni frimas, enchanté,
tourmenté, et comme possédé par le démon de
mon cœur.

   « La nuit, lorsque l'aquilon ébranlait ma
chaumière, que les pluies tombaient en torrent
sur mon toit, qu'à travers ma fenêtre je voyais
la lune sillonner les nuages amoncelés, comme
un pâle vaisseau qui laboure les vagues, il me
semblait que la vie redoublait au fond de mon
cœur, que j'aurais eu la puissance de créer des
mondes. Ah! si j'avais pu faire partager à une
autre les transports que j'éprouvais! O Dieu! si
tu m'avais donné une femme selon mes désirs;
si, comme à notre premier père, tu m'eusses
amené par la main une Ève tirée de moi-
même... Beauté céleste, je me serais prosterné
devant toi; puis, te prenant dans mes bras,
j'aurais prié l'Éternel de te donner le reste de
ma vie.

   « Hélas, j'étais seul, seul sur la terre! Une

langueur secrète s'emparait de mon corps. Ce dégoût de la vie que j'avais ressenti dès mon enfance, revenait avec une force nouvelle. Bientôt mon cœur ne fournit plus d'aliment à ma pensée, et je ne m'apercevais de mon existence que par un profond sentiment d'ennui.

« Je luttai quelque temps contre mon mal, mais avec indifférence et sans avoir la ferme résolution de le vaincre. Enfin, ne pouvant trouver de remède à cette étrange blessure de mon cœur, qui n'était nulle part et qui était partout, je résolus de quitter la vie.

« Prêtre du Très-Haut, qui m'entendez, pardonnez à un malheureux que le ciel avait presque privé de la raison. J'étais plein de religion, et je raisonnais en impie ; mon cœur aimait Dieu, et mon esprit le méconnaissait ; ma conduite, mes discours, mes sentiments, mes pensées, n'étaient que contradiction, ténèbres, mensonges. Mais l'homme sait-il bien toujours ce qu'il veut, est-il toujours sûr de ce qu'il pense ?

« Tout m'échappait à la fois, l'amitié, le monde, la retraite. J'avais essayé de tout, et tout m'avait été fatal. Repoussé par la société, abandonné d'Amélie, quand la solitude vint à me manquer, que me restait-il ? C'était la dernière planche sur laquelle j'avais espéré me sauver, et je la sentais encore s'enfoncer dans l'abîme !

« Décidé que j'étais à me débarrasser du poids de la vie, je résolus de mettre toute ma raison dans cet acte insensé. Rien ne me pressait ; je ne fixai point le moment du départ, afin de savourer à longs traits les derniers moments de l'existence, et de recueillir toutes mes forces, à l'exemple d'un Ancien, pour sentir mon âme s'échapper.

« Cependant je crus nécessaire de prendre
des arrangements concernant ma fortune, et je
fus obligé d'écrire à Amélie. Il m'échappa quelques plaintes sur son oubli, et je laissai sans
doute percer l'attendrissement qui surmontait
peu à peu mon cœur. Je m'imaginais pourtant
avoir bien dissimulé mon secret ; mais ma sœur
accoutumée à lire dans les replis de mon âme,
le devina sans peine. Elle fut alarmée du ton de
contrainte qui régnait dans ma lettre, et de mes
questions sur des affaires dont je ne m'étais
jamais occupé. Au lieu de me répondre, elle me
vint tout à coup surprendre.

« Pour bien sentir quelle dut être dans la
suite l'amertume de ma douleur, et quels furent
mes premiers transports en revoyant Amélie, il
faut vous figurer que c'était la seule personne
au monde que j'eusse aimée, que tous mes sentiments se venaient confondre en elle, avec la
douceur des souvenirs de mon enfance. Je reçus
donc Amélie dans une sorte d'extase de cœur. Il
y avait si longtemps que je n'avais trouvé
quelqu'un qui m'entendît, et devant qui je
pusse ouvrir mon âme !

« Amélie se jetant dans mes bras, me dit :
« Ingrat, tu veux mourir, et ta sœur existe ! Tu
« soupçonnes son cœur ! Ne t'explique point, ne
« t'excuse point, je sais tout ; j'ai tout compris,
« comme si j'avais été avec toi. Est-ce moi que
« l'on trompe, moi, qui ai vu naître tes premiers
« sentiments ? Voilà ton malheureux caractère,
« tes dégoûts, tes injustices. Jure, tandis que je
« te presse sur mon cœur, jure que c'est la
« dernière fois que tu te livreras à tes folies ; fais
« le serment de ne jamais attenter à tes jours. »

« En prononçant ces mots, Amélie me regardait avec compassion et tendresse, et couvrait
mon front de ses baisers ; c'était presque une

mère, c'était quelque chose de plus tendre. Hélas! mon cœur se rouvrit à toutes les joies; comme un enfant, je ne demandais qu'à être consolé; je cédai à l'empire d'Amélie; elle exigea un serment solennel; je le fis sans hésiter, ne soupçonnant même pas que désormais je pusse être malheureux.

« Nous fûmes plus d'un mois à nous accoutumer à l'enchantement d'être ensemble. Quand le matin, au lieu de me trouver seul, j'entendais la voix de ma sœur, j'éprouvais un tressaillement de joie et de bonheur. Amélie avait reçu de la nature quelque chose de divin; son âme avait les mêmes grâces innocentes que son corps; la douceur de ses sentiments était infinie; il n'y avait rien que de suave et d'un peu rêveur dans son esprit; on eût dit que son cœur, sa pensée et sa voix soupiraient comme de concert; elle tenait de la femme la timidité et l'amour, et de l'ange la pureté et la mélodie.

« Le moment était venu où j'allais expier toutes mes inconséquences. Dans mon délire j'avais été jusqu'à désirer d'éprouver un malheur, pour avoir du moins un objet réel de souffrance : épouvantable souhait que Dieu, dans sa colère, a trop exaucé!

« Que vais-je vous révéler, ô mes amis! Voyez les pleurs qui coulent de mes yeux. Puis-je même... Il y a quelques jours, rien n'aurait pu m'arracher ce secret... A présent tout est fini!

« Toutefois, ô vieillards, que cette histoire soit à jamais ensevelie dans le silence : souvenez-vous qu'elle n'a été racontée que sous l'arbre du désert.

« L'hiver finissait, lorsque je m'aperçus qu'Amélie perdait le repos et la santé qu'elle commençait à me rendre. Elle maigrissait; ses yeux se creusaient; sa démarche était languis-

sante, et sa voix troublée. Un jour, je la surpris
tout en larmes au pied d'un crucifix. Le monde,
la solitude, mon absence, ma présence, la nuit,
le jour, tout l'alarmait. D'involontaires soupirs
venaient expirer sur ses lèvres ; tantôt elle sou-
tenait, sans se fatiguer, une longue course ; tantôt elle se traînait à peine ; elle prenait et laissait son ouvrage, ouvrait un livre sans pouvoir
lire, commençait une phrase qu'elle n'achevait
pas, fondait tout à coup en pleurs, et se retirait
pour prier.

« En vain je cherchais à découvrir son secret.
Quand je l'interrogeais, en la pressant dans
mes bras, elle me répondait, avec un sourire,
qu'elle était comme moi, qu'elle ne savait pas
ce qu'elle avait.

« Trois mois se passèrent de la sorte, et son
état devenait pire chaque jour. Une correspondance mystérieuse me semblait être la cause de
ses larmes, car elle paraissait ou plus tranquille
ou plus émue, selon les lettres qu'elle recevait.
Enfin, un matin, l'heure à laquelle nous déjeu-
nions ensemble étant passée, je monte à son
appartement ; je frappe, on ne me répond
point ; j'entrouvre la porte, il n'y avait personne
dans la chambre. J'aperçois sur la cheminée un
paquet à mon adresse. Je le saisis en tremblant,
je l'ouvre, et je lis cette lettre, que je conserve
pour m'ôter à l'avenir tout mouvement de joie.

A René

« Le Ciel m'est témoin, mon frère, que je
« donnerais mille fois ma vie pour vous épar-
« gner un moment de peine ; mais, infortunée
« que je suis, je ne puis rien pour votre bonheur.
« Vous me pardonnerez donc de m'être dérobée

« de chez vous, comme une coupable : je
« n'aurais pu résister à vos prières, et cepen-
« dant il fallait partir... Mon Dieu, ayez pitié de
« moi !

« Vous savez, René, que j'ai toujours eu du
« penchant pour la vie religieuse : il est temps
« que je mette à profit les avertissements du
« Ciel. Pourquoi ai-je attendu si tard ? Dieu
« m'en punit. J'étais restée pour vous dans le
« monde... Pardonnez, je suis toute troublée par
« le chagrin que j'ai de vous quitter.

« C'est à présent, mon cher frère, que je sens
« bien la nécessité de ces asiles, contre lesquels
« je vous ai vu souvent vous élever. Il est des
« malheurs qui nous séparent pour toujours des
« hommes : que deviendraient alors de pauvres
« infortunées ?... Je suis persuadée que vous-
« même, mon frère, vous trouveriez le repos
« dans ces retraites de la religion : la terre
« n'offre rien qui soit digne de vous.

« Je ne vous rappellerai point votre serment :
« je connais la fidélité de votre parole. Vous
« l'avez juré, vous vivrez pour moi. Y a-t-il rien
« de plus misérable, que de songer sans cesse à
« quitter la vie ? Pour un homme de votre carac-
« tère, il est si aisé de mourir ! Croyez-en votre
« sœur, il est plus difficile de vivre.

« Mais, mon frère, sortez au plus vite de la
« solitude, qui ne vous est pas bonne ; cherchez
« quelque occupation. Je sais que vous riez
« amèrement de cette nécessité où l'on est en
« France de *prendre un état*. Ne méprisez pas
« tant l'expérience et la sagesse de nos pères. Il
« vaut mieux, mon cher René, ressembler un
« peu plus au commun des hommes, et avoir un
« peu moins de malheur.

« Peut-être trouveriez-vous dans le mariage
« un soulagement à vos ennuis. Une femme, des

« enfants occuperaient vos jours. Et quelle est
« la femme qui ne chercherait pas à vous rendre
« heureux ! L'ardeur de votre âme, la beauté de
« votre génie, votre air noble et passionné, ce
« regard fier et tendre, tout vous assurerait de
« son amour et de sa fidélité. Ah ! avec quelles
« délices ne te presserait-elle pas dans ses bras
« et sur son cœur ! Comme tous ses regards,
« toutes ses pensées seraient attachés sur toi
« pour prévenir tes moindres peines ! Elle serait
« tout amour, toute innocence devant toi ; tu
« croirais retrouver une sœur.

« Je pars pour le couvent de... Ce monastère,
« bâti au bord de la mer, convient à la situation
« de mon âme. La nuit, du fond de ma cellule,
« j'entendrai le murmure des flots qui baignent
« les murs du couvent ; je songerai à ces prome-
« nades que je faisais avec vous, au milieu des
« bois, alors que nous croyions retrouver le
« bruit des mers dans la cime agitée des pins.
« Aimable compagnon de mon enfance, est-ce
« que je ne vous verrai plus ? A peine plus âgée
« que vous, je vous balançais dans votre ber-
« ceau ; souvent nous avons dormi ensemble.
« Ah ! si un même tombeau nous réunissait un
« jour ! Mais non : je dois dormir seule sous les
« marbres glacés de ce sanctuaire où reposent
« pour jamais ces filles qui n'ont point aimé.

« Je ne sais si vous pourrez lire ces lignes à
« demi effacées par mes larmes. Après tout,
« mon ami, un peu plus tôt, un peu plus tard,
« n'aurait-il pas fallu nous quitter ? Qu'ai-je
« besoin de vous entretenir de l'incertitude et
« du peu de valeur de la vie ? Vous vous rappe-
« lez le jeune M... qui fit naufrage à l'île de
« France. Quand vous reçûtes sa dernière lettre,
« quelques mois après sa mort, sa dépouille
« terrestre n'existait même plus, et l'instant où

« vous commenciez son deuil en Europe était
« celui où on le finissait aux Indes. Qu'est-ce
« donc que l'homme, dont la mémoire périt si
« vite? Une partie de ses amis ne peut
« apprendre sa mort, que l'autre n'en soit déjà
« consolée! Quoi, cher et trop cher René, mon
« souvenir s'effacera-t-il si promptement de ton
« cœur? O mon frère, si je m'arrache à vous
« dans le temps, c'est pour n'être pas séparée de
« vous dans l'éternité. »

AMÉLIE.

P. S. « Je joins ici l'acte de donation de mes
« biens; j'espère que vous ne refuserez pas cette
« marque de mon amitié. »

« La foudre qui fût tombée à mes pieds ne
m'eût pas causé plus d'effroi que cette lettre.
Quel secret Amélie me cachait-elle? Qui la for-
çait si subitement à embrasser la vie religieuse? Ne m'avait-elle rattaché à l'existence
par le charme de l'amitié que pour me délaisser
tout à coup? Oh! pourquoi était-elle venue me
détourner de mon dessein! Un mouvement de
pitié l'avait rappelée auprès de moi, mais bientôt fatiguée d'un pénible devoir, elle se hâte de
quitter un malheureux qui n'avait qu'elle sur la
terre. On croit avoir tout fait quand on a empê-
ché un homme de mourir! Telles étaient mes
plaintes. Puis faisant un retour sur moi-même :
« Ingrate Amélie, disais-je, si tu avais été à ma
« place, si, comme moi, tu avais été perdue
« dans le vide de tes jours, ah! tu n'aurais pas
« été abandonnée de ton frère. »

« Cependant, quand je relisais la lettre, j'y
trouvais je ne sais quoi de si triste et de si
tendre, que tout mon cœur se fondait. Tout à
coup il me vint une idée qui me donna quelque
espérance : je m'imaginai qu'Amélie avait

peut-être conçu une passion pour un homme qu'elle n'osait avouer. Ce soupçon sembla m'expliquer sa mélancolie, sa correspondance mystérieuse, et le ton passionné qui respirait dans sa lettre. Je lui écrivis aussitôt pour la supplier de m'ouvrir son cœur.

« Elle ne tarda pas à me répondre, mais sans me découvrir son secret : elle me mandait seulement qu'elle avait obtenu les dispenses du noviciat, et qu'elle allait prononcer ses vœux.

« Je fus révolté de l'obstination d'Amélie, du mystère de ses paroles, et de son peu de confiance en mon amitié.

« Après avoir hésité un moment sur le parti que j'avais à prendre, je résolus d'aller à B... pour faire un dernier effort auprès de ma sœur. La terre où j'avais été élevé se trouvait sur la route. Quand j'aperçus les bois où j'avais passé les seuls moments heureux de ma vie, je ne pus retenir mes larmes, et il me fut impossible de résister à la tentation de leur dire un dernier adieu.

« Mon frère aîné avait vendu l'héritage paternel, et le nouveau propriétaire ne l'habitait pas. J'arrivai au château par la longue avenue de sapins ; je traversai à pied les cours désertes ; je m'arrêtai à regarder les fenêtres fermées ou demi-brisées, le chardon qui croissait au pied des murs, les feuilles qui jonchaient le seuil des portes, et ce perron solitaire où j'avais vu si souvent mon père et ses fidèles serviteurs. Les marches étaient déjà couvertes de mousse ; le violier jaune croissait entre leurs pierres déjointes et tremblantes. Un gardien inconnu m'ouvrit brusquement les portes. J'hésitais à franchir le seuil ; cet homme s'écria : « Eh bien ! « allez-vous faire comme cette étrangère qui « vint ici il y a quelques jours ? Quand ce fut

« pour entrer, elle s'évanouit, et je fus obligé de
« la reporter à sa voiture. » Il me fut aisé de
reconnaître l'*étrangère* qui, comme moi, était
venue chercher dans ces lieux des pleurs et des
souvenirs !

« Couvrant un moment mes yeux de mon
mouchoir, j'entrai sous le toit de mes ancêtres.
Je parcourus les appartements sonores où l'on
n'entendait que le bruit de mes pas. Les
chambres étaient à peine éclairées par la faible
lumière qui pénétrait entre les volets fermés : je
visitai celle où ma mère avait perdu la vie en
me mettant au monde, celle où se retirait mon
père, celle où j'avais dormi dans mon berceau,
celle enfin où l'amitié avait reçu mes premiers
vœux dans le sein d'une sœur. Partout les salles
étaient détendues, et l'araignée filait sa toile
dans les couches abandonnées. Je sortis précipitamment de ces lieux, je m'en éloignai à
grands pas, sans oser tourner la tête. Qu'ils sont
doux, mais qu'ils sont rapides, les moments que
les frères et les sœurs passent dans leurs jeunes
années, réunis sous l'aile de leurs vieux
parents ! La famille de l'homme n'est que d'un
jour ; le souffle de Dieu la disperse comme une
fumée. A peine le fils connaît-il le père, le père
le fils, le frère la sœur, la sœur le frère ! Le chêne
voit germer ses glands autour de lui : il n'en est
pas ainsi des enfants des hommes !

« En arrivant à B..., je me fis conduire au
couvent ; je demandai à parler à ma sœur. On
me dit qu'elle ne recevait personne. Je lui écrivis : elle me répondit que, sur le point de se
consacrer à Dieu, il ne lui était pas permis de
donner une pensée au monde ; que si je l'aimais,
j'éviterais de l'accabler de ma douleur. Elle
ajoutait : « Cependant si votre projet est de
« paraître à l'autel le jour de ma profession,

« daignez m'y servir de père ; ce rôle est le seul
« digne de votre courage, le seul qui convienne
« à notre amitié, et à mon repos. »

« Cette froide fermeté qu'on opposait à
l'ardeur de mon amitié, me jeta dans de vio-
lents transports. Tantôt j'étais près de retourner sur mes pas ; tantôt je voulais rester, uniquement pour troubler le sacrifice. L'enfer me
suscitait jusqu'à la pensée de me poignarder
dans l'église, et de mêler mes derniers soupirs
aux vœux qui m'arrachaient ma sœur. La supérieure du couvent me fit prévenir qu'on avait
préparé un banc dans le sanctuaire, et elle
m'invitait à me rendre à la cérémonie qui
devait avoir lieu dès le lendemain.

« Au lever de l'aube, j'entendis le premier son
des cloches... Vers dix heures, dans une sorte
d'agonie, je me traînai au monastère. Rien ne
peut plus être tragique quand on a assisté à un
pareil spectacle ; rien ne peut plus être douloureux quand on y a survécu.

« Un peuple immense remplissait l'église. On
me conduit au banc du sanctuaire ; je me précipite à genoux sans presque savoir où j'étais, ni à
quoi j'étais résolu. Déjà le prêtre attendait à
l'autel ; tout à coup la grille mystérieuse
s'ouvre, et Amélie s'avance, parée de toutes les
pompes du monde. Elle était si belle, il y avait
sur son visage quelque chose de si divin, qu'elle
excita un mouvement de surprise et d'admiration. Vaincu par la glorieuse douleur de la
sainte, abattu par les grandeurs de la religion,
tous mes projets de violence s'évanouirent ; ma
force m'abandonna ; je me sentis lié par une
main toute-puissante, et, au lieu de blasphèmes
et de menaces, je ne trouvai dans mon cœur que
de profondes adorations et les gémissements de
l'humilité.

« Amélie se place sous un dais. Le sacrifice commence à la lueur des flambeaux, au milieu des fleurs et des parfums, qui devaient rendre l'holocauste agréable. A l'offertoire, le prêtre se dépouilla de ses ornements, ne conserva qu'une tunique de lin, monta en chaire, et, dans un discours simple et pathétique, peignit le bonheur de la vierge qui se consacre au Seigneur. Quand il prononça ces mots : « Elle a paru « comme l'encens qui se consume dans le feu », un grand calme et des odeurs célestes semblèrent se répandre dans l'auditoire ; on se sentit comme à l'abri sous les ailes de la colombe mystique, et l'on eût cru voir les anges descendre sur l'autel et remonter vers les cieux avec des parfums et des couronnes.

« Le prêtre achève son discours, reprend ses vêtements, continue le sacrifice. Amélie, soutenue de deux jeunes religieuses, se met à genoux sur la dernière marche de l'autel. On vient alors me chercher, pour remplir les fonctions paternelles. Au bruit de mes pas chancelants dans le sanctuaire, Amélie est prête à défaillir. On me place à côté du prêtre, pour lui présenter les ciseaux. En ce moment je sens renaître mes transports ; ma fureur va éclater, quand Amélie, rappelant son courage, me lance un regard où il y a tant de reproche et de douleur que j'en suis atterré. La religion triomphe. Ma sœur profite de mon trouble ; elle avance hardiment la tête. Sa superbe chevelure tombe de toutes parts sous le fer sacré ; une longue robe d'étamine remplace pour elle les ornements du siècle, sans la rendre moins touchante ; les ennuis de son front se cachent sous un bandeau de lin ; et le voile mystérieux, double symbole de la virginité et de la religion, accompagne sa tête dépouillée. Jamais elle n'avait paru si

belle. L'œil de la pénitente était attaché sur la
poussière du monde, et son âme était dans le
ciel.

« Cependant Amélie n'avait point encore prononcé ses vœux; et pour mourir au monde il
fallait qu'elle passât à travers le tombeau. Ma
sœur se couche sur le marbre; on étend sur elle
un drap mortuaire; quatre flambeaux en
marquent les quatre coins. Le prêtre, l'étole au
cou, le livre à la main, commence l'Office des
morts; de jeunes vierges le continuent. O joies
de la religion, que vous êtes grandes, mais que
vous êtes terribles! On m'avait contraint de me
placer à genoux, près de ce lugubre appareil.
Tout à coup un murmure confus sort de dessous
le voile sépulcral; je m'incline, et ces paroles
épouvantables (que je fus seul à entendre)
viennent frapper mon oreille : « Dieu de miséri-
« corde, fais que je ne me relève jamais de cette
« couche funèbre, et comble de tes biens un
« frère qui n'a point partagé ma criminelle pas-
« sion! »

« A ces mots échappés du cercueil, l'affreuse
vérité m'éclaire; ma raison s'égare, je me laisse
tomber sur le linceul de la mort, je presse ma
sœur dans mes bras, je m'écrie : « Chaste
« épouse de Jésus-Christ, reçois mes derniers
« embrassements à travers les glaces du trépas
« et les profondeurs de l'éternité, qui te
« séparent déjà de ton frère! »

« Ce mouvement, ce cri, ces larmes, troublent
la cérémonie, le prêtre s'interrompt, les religieuses ferment la grille, la foule s'agite et se
presse vers l'autel; on m'emporte sans connais-
sance. Que je sus peu de gré à ceux qui me
rappelèrent au jour! J'appris, en rouvrant les
yeux, que le sacrifice était consommé, et que
ma sœur avait été saisie d'une fièvre ardente.

Elle me faisait prier de ne plus chercher à la voir. O misère de ma vie : une sœur craindre de parler à un frère, et un frère craindre de faire entendre sa voix à une sœur! Je sortis du monastère comme de ce lieu d'expiation où des flammes nous préparent pour la vie céleste, où l'on a tout perdu comme aux enfers, hors l'espérance.

« On peut trouver des forces dans son âme contre un malheur personnel; mais devenir la cause involontaire du malheur d'un autre, cela est tout à fait insupportable. Éclairé sur les maux de ma sœur, je me figurais ce qu'elle avait dû souffrir. Alors s'expliquèrent pour moi plusieurs choses que je n'avais pu comprendre : ce mélange de joie et de tristesse, qu'Amélie avait fait paraître au moment de mon départ pour mes voyages, le soin qu'elle prit de m'éviter à mon retour, et cependant cette faiblesse qui l'empêcha si longtemps d'entrer dans un monastère; sans doute la fille malheureuse s'était flattée de guérir! Ses projets de retraite, la dispense du noviciat, la disposition de ses biens en ma faveur, avaient apparemment produit cette correspondance secrète qui servit à me tromper.

« O mes amis, je sus donc ce que c'était que de verser des larmes, pour un mal qui n'était point imaginaire! Mes passions, si longtemps indéterminées, se précipitèrent sur cette première proie avec fureur. Je trouvai même une sorte de satisfaction inattendue dans la plénitude de mon chagrin, et je m'aperçus, avec un secret mouvement de joie, que la douleur n'est pas une affection qu'on épuise comme le plaisir.

« J'avais voulu quitter la terre avant l'ordre du Tout-Puissant; c'était un grand crime : Dieu m'avait envoyé Amélie à la fois pour me sauver et pour me punir. Ainsi, toute pensée coupable, toute action criminelle entraîne après elle des désordres et des malheurs. Amélie me priait de vivre, et je lui devais bien de ne pas aggraver ses maux. D'ailleurs (chose étrange!) je n'avais plus envie de mourir depuis que j'étais réellement malheureux. Mon chagrin était devenu une occupation qui remplissait tous mes moments : tant mon cœur est naturellement pétri d'ennui et de misère!

« Je pris donc subitement une autre résolution ; je me déterminai à quitter l'Europe, et à passer en Amérique.

« On équipait, dans ce moment même, au port de B..., une flotte pour la Louisiane ; je m'arrangeai avec un des capitaines de vaisseau ; je fis savoir mon projet à Amélie, et je m'occupai de mon départ.

« Ma sœur avait touché aux portes de la mort ; mais Dieu, qui lui destinait la première palme des vierges, ne voulut pas la rappeler si vite à lui ; son épreuve ici-bas fut prolongée. Descendue une seconde fois dans la pénible carrière de la vie, l'héroïne, courbée sous la croix, s'avança courageusement à l'encontre des douleurs, ne voyant plus que le triomphe dans le combat, et dans l'excès des souffrances, l'excès de la gloire.

« La vente du peu de bien qui me restait, et que je cédai à mon frère, les longs préparatifs d'un convoi, les vents contraires, me retinrent longtemps dans le port. J'allais chaque matin m'informer des nouvelles d'Amélie, et je revenais toujours avec de nouveaux motifs d'admiration et de larmes.

« J'errais sans cesse autour du monastère bâti au bord de la mer. J'apercevais souvent, à

une petite fenêtre grillée qui donnait sur une
plage déserte, une religieuse assise dans une
attitude pensive; elle rêvait à l'aspect de
l'océan où apparaissait quelque vaisseau, cin-
glant aux extrémités de la terre. Plusieurs fois,
à la clarté de la lune, j'ai revu la même religieuse aux barreaux de la même fenêtre : elle
contemplait la mer, éclairée par l'astre de la
nuit, et semblait prêter l'oreille au bruit des
vagues qui se brisaient tristement sur des
grèves solitaires.

« Je crois encore entendre la cloche qui, pendant la nuit, appelait les religieuses aux veilles
et aux prières. Tandis qu'elle tintait avec lenteur, et que les vierges s'avançaient en silence à
l'autel du Tout-Puissant, je courais au monastère; là, seul au pied des murs, j'écoutais dans
une sainte extase, les derniers sons des cantiques, qui se mêlaient sous les voûtes du
temple au faible bruissement des flots.

« Je ne sais comment toutes ces choses, qui
auraient dû nourrir mes peines, en émoussaient
au contraire l'aiguillon. Mes larmes avaient
moins d'amertume lorsque je les répandais sur
les rochers et parmi les vents. Mon chagrin
même, par sa nature extraordinaire, portait
avec lui quelque remède : on jouit de ce qui
n'est pas commun, même quand cette chose est
un malheur. J'en conçus presque l'espérance
que ma sœur deviendrait à son tour moins
misérable.

« Une lettre que je reçus d'elle avant mon
départ sembla me confirmer dans ces idées.
Amélie se plaignait tendrement de ma douleur,
et m'assurait que le temps diminuait la sienne.
« Je ne désespère pas de mon bonheur, me
« disait-elle. L'excès même du sacrifice, à pré-
« sent que le sacrifice est consommé, sert à me

« rendre quelque paix. La simplicité de mes
« compagnes, la pureté de leurs vœux, la régu-
« larité de leur vie, tout répand du baume sur
« mes jours. Quand j'entends gronder les
« orages, et que l'oiseau de mer vient battre des
« ailes à ma fenêtre, moi, pauvre colombe du
« ciel, je songe au bonheur que j'ai eu de trou-
« ver un abri contre la tempête. C'est ici la
« sainte montagne, le sommet élevé d'où l'on
« entend les derniers bruits de la terre, et les
« premiers concerts du ciel ; c'est ici que la
« religion trompe doucement une âme sen-
« sible : aux plus violentes amours elle substi-
« tue une sorte de chasteté brûlante où
« l'amante et la vierge sont unies ; elle épure les
« soupirs ; elle change en une flamme incorrup-
« tible une flamme périssable ; elle mêle divine-
« ment son calme et son innocence à ce reste de
« trouble et de volupté d'un cœur qui cherche à
« se reposer, et d'une vie qui se retire. »

« Je ne sais ce que le ciel me réserve, et s'il a
voulu m'avertir que les orages accompagne-
raient partout mes pas. L'ordre était donné
pour le départ de la flotte ; déjà plusieurs vaisseaux avaient appareillé au baisser du soleil ; je
m'étais arrangé pour passer la dernière nuit à
terre, afin d'écrire ma lettre d'adieux à Amélie.
Vers minuit, tandis que je m'occupe de ce soin,
et que je mouille mon papier de mes larmes, le
bruit des vents vient frapper mon oreille.
J'écoute ; et au milieu de la tempête, je dis-
tingue les coups de canon d'alarme, mêlés au
glas de la cloche monastique. Je vole sur le
rivage où tout était désert, et où l'on n'entendait que le rugissement des flots. Je m'assieds
sur un rocher. D'un côté s'étendent les vagues
étincelantes, de l'autre les murs sombres du
monastère se perdent confusément dans les

cieux. Une petite lumière paraissait à la fenêtre grillée. Était-ce toi, ô mon Amélie, qui prosternée au pied du crucifix, priait le Dieu des orages d'épargner ton malheureux frère? La tempête sur les flots, le calme dans ta retraite; des hommes brisés sur des écueils, au pied de l'asile que rien ne peut troubler; l'infini de l'autre côté du mur d'une cellule; les fanaux agités des vaisseaux, le phare immobile du couvent; l'incertitude des destinées du navigateur, la vestale connaissant dans un seul jour tous les jours futurs de sa vie; d'une autre part, une âme telle que la tienne, ô Amélie, orageuse comme l'océan; un naufrage plus affreux que celui du marinier : tout ce tableau est encore profondément gravé dans ma mémoire. Soleil de ce ciel nouveau maintenant témoin de mes larmes, écho du rivage américain qui répétez les accents de René, ce fut le lendemain de cette nuit terrible, qu'appuyé sur le gaillard de mon vaisseau, je vis s'éloigner pour jamais ma terre natale! Je contemplai longtemps sur la côte les derniers balancements des arbres de la patrie, et les faîtes du monastère qui s'abaissaient à l'horizon. »

Comme René achevait de raconter son histoire, il tira un papier de son sein, et le donna au P. Souël; puis, se jetant dans les bras de Chactas, et étouffant ses sanglots, il laissa le temps au missionnaire de parcourir la lettre qu'il venait de lui remettre.

Elle était de la Supérieure de... Elle contenait le récit des derniers moments de la sœur Amélie de la Miséricorde, morte victime de son zèle et de sa charité, en soignant ses compagnes attaquées d'une maladie contagieuse. Toute la communauté était inconsolable, et l'on y regardait Amélie comme une sainte. La Supérieure

ajoutait que, depuis trente ans qu'elle était à la
tête de la maison, elle n'avait jamais vu de
religieuse d'une humeur aussi douce et aussi
égale, ni qui fût plus contente d'avoir quitté les
tribulations du monde.

Chactas pressait René dans ses bras ; le vieillard pleurait. « Mon enfant, dit-il à son fils, je
voudrais que le P. Aubry fût ici, il tirait du fond
de son cœur je ne sais quelle paix qui, en les
calmant, ne semblait cependant point étrangère aux tempêtes ; c'était la lune dans une nuit
orageuse ; les nuages errants ne peuvent
l'emporter dans leur course ; pure et inaltérable, elle s'avance tranquille au-dessus d'eux.
Hélas, pour moi, tout me trouble et
m'entraîne ! »

Jusqu'alors le P. Souël, sans proférer une
parole, avait écouté d'un air austère l'histoire
de René. Il portait en secret un cœur compatissant, mais il montrait au dehors un caractère
inflexible ; la sensibilité du Sachem le fit sortir
du silence :

« Rien, dit-il au frère d'Amélie, rien ne
« mérite, dans cette histoire, la pitié qu'on vous
« montre ici. Je vois un jeune homme entêté de
« chimères, à qui tout déplaît et qui s'est sous-
« trait aux charges de la société pour se livrer à
« d'inutiles rêveries. On n'est point, monsieur,
« un homme supérieur parce qu'on aperçoit le
« monde sous un jour odieux. On ne hait les
« hommes et la vie, que faute de voir assez loin.
« Étendez un peu plus votre regard, et vous
« serez bientôt convaincu que tous ces maux
« dont vous vous plaignez sont de purs néants.
« Mais quelle honte de ne pouvoir songer au
« seul malheur réel de votre vie, sans être forcé
« de rougir ! Toute la pureté, toute la vertu,
« toute la religion, toutes les couronnes d'une

« sainte rendent à peine tolérable la seule idée
« de vos chagrins. Votre sœur a expié sa faute ;
« mais, s'il faut dire ici ma pensée, je crains
« que, par une épouvantable justice, un aveu
« sorti du sein de la tombe n'ait troublé votre
« âme à son tour. Que faites-vous seul au fond
« des forêts où vous consumez vos jours, négli-
« geant tous vos devoirs ? Des saints, me direz-
« vous, se sont ensevelis dans les déserts ? Ils y
« étaient avec leurs larmes et employaient à
« éteindre leurs passions le temps que vous
« perdez peut-être à allumer les vôtres. Jeune
« présomptueux qui avez cru que l'homme se
« peut suffire à lui-même ! La solitude est mau-
« vaise à celui qui n'y vit pas avec Dieu ; elle
« redouble les puissances de l'âme, en même
« temps qu'elle leur ôte tout sujet pour s'exer-
« cer. Quiconque a reçu des forces, doit les
« consacrer au service de ses semblables ; s'il
« les laisse inutiles, il en est d'abord puni par
« une secrète misère, et tôt ou tard le ciel lui
« envoie un châtiment effroyable. »

Troublé par ces paroles, René releva au sein
de Chactas sa tête humiliée. Le Sachem aveugle
se prit à sourire ; et ce sourire de la bouche, qui
ne se mariait plus à celui des yeux, avait quelque chose de mystérieux et de céleste. « Mon
« fils, dit le vieil amant d'Atala, il nous parle
« sévèrement ; il corrige et le vieillard et le
« jeune homme, et il a raison. Oui, il faut que tu
« renonces à cette vie extraordinaire qui n'est
« pleine que de soucis : il n'y a de bonheur que
« dans les voies communes.

« Un jour le Meschacebé, encore assez près de
« sa source, se lassa de n'être qu'un limpide
« ruisseau. Il demande des neiges aux mon-
« tagnes, des eaux aux torrents, des pluies aux
« tempêtes, il franchit ses rives, et désole ses

« bords charmants. L'orgueilleux ruisseau
« s'applaudit d'abord de sa puissance ; mais
« voyant que tout devenait désert sur son pas-
« sage ; qu'il coulait, abandonné dans la soli-
« tude ; que ses eaux étaient toujours troublées,
« il regretta l'humble lit que lui avait creusé la
« nature, les oiseaux, les fleurs, les arbres et les
« ruisseaux, jadis modestes compagnons de son
« paisible cours. »

Chactas cessa de parler, et l'on entendit la
voix du flamant qui, retiré dans les roseaux de
Meschacebé, annonçait un orage pour le milieu
du jour. Les trois amis reprirent la route de
leurs cabanes : René marchait en silence entre
le missionnaire qui priait Dieu, et le Sachem
aveugle qui cherchait sa route. On dit que,
pressé par les deux vieillards, il retourna chez
son épouse, mais sans y trouver le bonheur. Il
périt peu de temps après avec Chactas et le
P. Souël, dans le massacre des Français et des
Natchez à la Louisiane. On montre encore un
rocher où il allait s'asseoir au soleil couchant.

TABLE DES MATIÈRES

ATALA

RENÉ

DISTRIBUTION

ALLEMAGNE

SWAN BUCH-VERTRIEB GMBH
Goldscheuerstrasse 16
D-77694 Kehl/Rhein

BELGIQUE

UITGEVERIJ EN BOEKHANDEL
VAN GENNEP BV
Spuistraat 283
1012 VR Amsterdam
Pays-Bas

CANADA

EDILIVRE INC.
DIFFUSION SOUSSAN
5518 Ferrier
Mont-Royal, QC H4P 1M2

ESPAGNE

RIBERA LIBRERIA
Dr Areilza 19
48011 Bilbao

ÉTATS-UNIS

POWELL'S BOOKSTORE
1501 East 57th Street
Chicago, Illinois 60637

TEXAS BOOKMAN
8650 Denton Drive
75235 Dallas, Texas

FRANCE

BOOKKING INTERNATIONAL
16 rue des Grands Augustins
75006 Paris

GRANDE-BRETAGNE

SANDPIPER BOOKS LTD
22 a Langroyd Road
London SW17 7PL

ITALIE

MAGIS BOOKS s.r.l.
Vicolo Trivelli 6
42100 Reggio Emilia

LIBAN

LA PHENICIE
BP 50291
Furn EL Chebback
Beyrouth

SORED
BP 166210
Rue Mar Maroun
Beyrouth

MAROC

LIBRAIRIE DES ÉCOLES
12 av. Hassan II
Casablanca

PAYS-BAS

UITGEVERIJ EN BOEKHANDEL
VAN GENNEP BV
Spuistraat 283
1012 VR Amsterdam

RÉPUBLIQUE ARABE UNIE

DAR EL NASHR
HATIER
10 rue Abi Emama
BP 1969 Dokki
Le Caire

SUÈDE

LONGUS BOOK IMPORTS
Box 30161
S - 10425 Stockholm

SUISSE

MEDEA DIFFUSION
Z.I. 3 Corminboeuf
Case Postale 559
1701 Fribourg

TAIWAN

POINT FRANCE LIVRE
Diffusion de l'édition française
Han Yang Bd 7 F
374 Pa Teh Rd.
Section 2 - Taipei

IMPRIMÉ EN FRANCE PAR BRODARD ET TAUPIN
65551-5 Usine de La Flèche (Sarthe), le 28-02-1994
B/081-93 – Dépôt légal, Mars 1994
ISBN : 287714-169-1